SHANGHAI LITERATURE & ART PUBLISHING GROUP

故事会
精品系列

故事会 ®

荒诞故事

I0517003

上海锦绣文章出版社
上海故事会文化传媒有限公司

上海文艺出版（集团）有限公司

图书在版编目 (CIP) 数据

荒诞故事 《故事会》编辑部编 – 上海：上海锦绣文章出版社
（故事会精品系列） ISBN 978−7−5321−1290−6

Ⅰ.①荒...Ⅱ.①故...Ⅲ.①故事 作品集 中国 当代 Ⅳ.I247.8
中国版本图书馆 CIP 数据核字 (1999) 第 39849 号

丛 书 名：故事会精品系列

书 名：荒诞故事

主 编：何承伟

编 委：何承伟 吴 伦 姚自豪 夏一鸣

责任编辑：刘迎曦 鲍 放

装帧设计：王 伟

责任督印：张 凯

出 版： 上海锦绣文章出版社

上海故事会文化传媒有限公司

POD 海外发行： 中国图书进出口上海公司

电话：021−36357888

传真：021−36357896

地址：上海市虹口区广中路 88 号

邮编：200083

海外 POD 发行版本

 上海故事会文化传媒有限公司 出品 (00246) www.storychina.cn

STORIES

目　　录

一 毛 不 拔

贪婪的人饱不了,吝啬的人富不了。

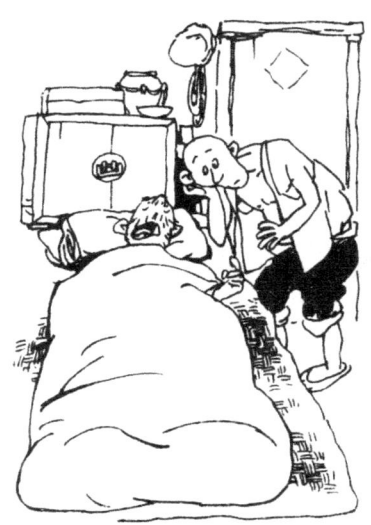

送饼

张、李两家近邻，都很吝啬。

一日，张老汉对他的幺儿子说："看人家姓李的，光景过得多节省，你好好去向人家学学。"

幺儿子从命，心想：求人得送礼，该送什么呢？送好的舍不得，不送吧又小气。想来想去，就拿了张白纸，画了个圆饼，往李家走。

敲开李家门，出来的是李家的大儿子。

张家幺儿子问道："李爷爷在家吗？"

李家大儿子说："我爹到我姐姐家去啦。你有啥事哩？"

"我爹常说李爷爷挺会过日子，今天特地让我学来了。"

"我家也没甚学头，要学改日再来吧。"

　　"那好,我就把这份礼留给李爷爷吧。"张家幺儿子说完,放下画着饼子的画儿。

　　李家大儿子想:张家幺儿人小,却这么懂礼,我该还他啥呢?急中生智,他伸出两只手做了个圆圈儿,说:"那好,你把这带走。"

　　下午,李老汉从闺女家回来,大儿子告诉他张家幺儿上午来过的事,说自己也还了礼。

　　李老汉急问:"你还人家什么了?"

　　大儿子得意地说:"我用手势也送了他一个圆饼。"

　　李老汉一听火了,"呸"地朝大儿子脸上唾了一口,伸出右手,张开食指和拇指说:"你就不能还他半个?"

（王毓康　整理）

死不闭目

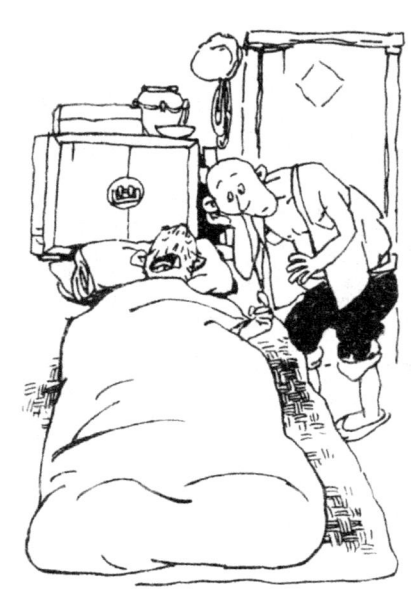

从前,有个贪心不足的人,临死时,总是不断气,死了又活,反反复复,口中还喃喃地说着话,但听不清说的是什么。

儿子附在他耳边问:"爹,恐怕是您的大数到了,儿没有办法救您,您就安心闭眼吧!"他爹挣扎着说:"我、我死也不闭眼呀!""爹,这是为什么呢?""前天,我到隔壁家吃饭,最后的那一块肉我没吃到啊!""那,您当时怎么不快些用筷子抢呢?""我筷子上还夹、夹着一块啦!""那您怎么不快些往嘴巴里塞呢?""我、我嘴巴里还含、含着一块呀!""那您快些吞下去呀?""我的喉、喉咙里还、还卡着一块啊!"

(李优定　搜集整理)

一个月没睡觉

古时候,有弟兄俩上城里赶集,看上了一双鞋,兄弟俩都想买,可谁身上的钱也不够。

卖鞋的看看他俩,说:"你俩的钱加到一块,正好能买一双。"

弟兄俩一想也对:咱们买了可以合伙穿。于是便把鞋买下了。

回家的路上,哥哥问弟弟:"小弟,咱俩怎么轮穿这双鞋?"

弟弟说:"一个白天穿,一个晚上穿。"

两人都争着要白天穿,相持不下,就坐在路上抓纸球,结果哥哥抓了个"白天穿",弟弟抓了个"晚上穿"。

从此后,哥哥穿着这双鞋上山下地,什么都干。弟弟觉得实在太吃亏,就在自己屋里铺了一地碎碗片,每天晚上哥哥一上床,他就穿上那鞋一股劲在屋里跑,跑得大汗淋漓也不肯休息,天天如此,一双鞋,一个月就开了口子。

哥哥说:"小弟,咱俩再合伙买一双吧?"

弟弟连连摆手:"快别买了,因为这双鞋,我一个月没睡觉!"

(赵玉红 整理)

贪 小 失 大

望梅止渴渴难止,画饼充饥人更饥。

嗓子眼的钱

　　从前,有个老头儿非常贪财。有一天,他到集上买菜,人非常拥挤,紧挨他前面的一个中年人掏毛巾擦汗时,不慎从兜里带出一枚铜钱,老头儿赶紧伸手接过来,将铜钱塞进嘴里,若无其事地放慢步子,继续向前走。

　　再说那个中年人,他来到一个摊子面前要买一把锄头,一掏衣兜,才发现丢了一枚铜钱。他想:莫非刚才掏毛巾时丢了?

　　正在这时,老头儿紧闭着嘴走了过来。中年人看了看老头儿,问他是否捡到一枚铜钱?老头儿本想说没有,却又怕铜钱掉出来,于是没作声。中年人以为他没听见,便又问了一句。老头儿一下恼了,嚷道:"我没看——"一句话还没说完,那枚铜钱一下溜进嗓子眼,卡住了。

回到家中,他虽然觉得嗓子眼卡得难受,心里却是乐滋滋的。他艰难地把这件事告诉给了他的三个儿子。三个儿子想了很多办法,也没能把他嗓子眼里的钱取出来。他既不能吃,也不能喝,眼看一天不如一天,奄奄一息了。

临断气之前,他问儿子他死后打算怎么处理。

老大说:"我一定为您买口最好的棺材,买很多的衣服,披麻戴孝为您送葬……"

"唉!别,别……你别说了,败家子,不会过日子啊……"不等老大说完,老头儿就把脸转向了老二。

老二心想:大哥那么孝顺,可爹却说他是个败家子。于是就说:"爹,您死了,我给您找几件破衣服,做口木棺材,就把您埋下。"

"唉,又是个败家子,不会过日子的人!"老头儿无力地眨了眨干涩的眼皮,又带着一丝希望询问老三。老三挺机灵,回答说:"爹,您死了,我就用破席子卷了,挖个坑埋下去!"

这样的回答,也没能使老头儿满意,他无精打采地说:"你们都不会过日子啊……"

兄弟三人疑惑地互相看着,他们怎么也猜不着父亲要选择什么样的后事。

好不容易,老头儿憋足一口气,说:"孩子,还是让我告诉你们吧,咱们这个镇子的东街头,有一个汤店,我死后,你们就把我送到那个汤店里换钱……一定要记住,送去前,要把我嗓子眼的那个铜钱给……给抠出……来……"

(王文瑜　搜集整理)

贪小的厨师

　　古时候,某镇大布店李老板做五十大寿,请了几个厨师在家办酒宴。酒宴一连摆了三天,最后一天,客人都散了席,打杂的都挤到后厅吃饭,有个姓王的厨师悄悄地溜进了厨房。

　　这个王厨师有贪小的习惯,前两天,厨房里人多眼杂,加之李老板看得紧,他下不了手。今天他特地换了件长衫,趁着混乱把早先扣下的海参、海米、香菇、猪腰等东西藏在身上。他老婆喜欢吃大肠,可大肠滑溜溜、黏糊糊的,不知放哪儿好,这时,王厨师发现案板上有几张海蜇皮,不由得眼睛一亮,他用海蜇皮将大肠包好,往裤裆里一吊,最后又随手拿了两根广东克皮甘蔗。

　　当他身子僵硬地往外走时,忽听背后一声断喝:“站住!”他回头一看,只见李老板冷笑着站在他面前:“王厨师,你这么急着赶回去干啥?"

王厨师做贼心虚,回话的声调都变了:"嗨,嗨……不……不干啥。"

"你腰怎么这样粗?"

"嗨,多、多吃了一点、一点……"

"那你胳肢窝里怎么也鼓了起来?"李老板说罢脸色一变,"来人,给我搜!"

不一会,海参、海米、香菇、猪腰都搜了出来。李老板气呼呼地让人把王厨师押去见官。

到了官府,官老爷连夜升堂,他见王厨师直愣愣地站着,顿时火冒八丈高:"大胆奴才,见了本官为何不跪?"

王厨师在一旁吓得直发抖,可就是不下跪。官老爷把惊堂木一拍,命令衙役们强行将他按倒,衙役们使了好大劲都没用,其中一个急性子猛地朝他膝盖踢去,只听"咔嚓"一声,王厨师摔倒在地上。

那衙役以为把王厨师的腿骨给踢断了,吓得赶紧撩起他的长衫,一看是踢断了一根广东克皮甘蔗。

官老爷火气更大了:"来人呀,给我重打四十大板。"众衙役一声"嗨",按倒王厨师,褪下裤子,一板、二板、三板……等打到二十板时,只见王厨师屁股下流出一大截东西,衙役大惊失色:"大人,不好了,此人的大肠打出来了。"

(朱盛杰　搜集整理)

鸡孩

　　汽车修配厂有个三十二岁的光棍汉,叫张金山,都说他没有生育能力,可停薪留职做起活鸡买卖以后,不但发了财娶了媳妇儿,而且还生了个女儿,取名财财。

　　转眼间,财财三周岁半了,可还是不会说话,财财妈十分着急,就带着财财到处求医,北京、天津、南京、上海……全国有名的大医院几乎都走遍了,化去一万多元钱,可所到之处除了引起一阵惊奇感叹,最终也没检查出财财到底为啥不说话。

　　回到家,张金山破口大骂,说这娘俩是败家子,把他挣的血汗钱都白白扔掉了。财财妈不甘心,又花三十元钱让都说"赛神仙"的洪瞎子算算命。洪瞎子再神,可财财为啥不会说话他也不懂。为了让财财妈高兴高兴,洪瞎子问完财财的生辰八字后,就装模作样地说："贵人说话迟啊,这孩子大命之人,将来还能当红歌星呢! 再过七七四十九天,这孩子满四周岁,肯定会开口说话的。"

从这以后,财财妈就天天盼啊盼的。可都过去九九八十一天了,财财还是不会说话。财财妈不死心,还想跑大医院检查,可张金山舍不得钱,说啥也不让去。

这天,财财妈干完活回家,见财财躺在炕上,小脸红得跟苹果似的,沉沉地睡着。咦? 往日财财总喜欢和铁丝笼子里的鸡儿们玩,给鸡喂食,学鸡叫,今天这是怎么啦? 财财妈急忙摸摸财财的脸蛋,哎呀,烧得直烫手,财财妈抱起财财,急急忙忙赶到医院。大夫仔细检查完后,对财财妈说:"不要紧的,是感冒,打一针退烧针就好了。"

这时,财财已经醒了过来,睁着一双漂亮的大眼睛瞅着护士。护士拿起注射器,"哧"针头扎在财财屁股上,财财没哭,却"咯咯嗒、咯咯嗒"地叫了起来,像惊慌失措的母鸡叫,一声比一声紧,在场的人都惊讶地你瞅我、我瞅你,暗暗称奇。打完针,财财惊恐的叫声才渐渐平息下来,财财妈慌慌张张把财财裤子系好,搂着财财。这时,财财突然开了口,说:"妈,妈,你可千万不要让我爸把我装进铁笼子里卖了哇!"财财妈一阵惊奇:"财财会说话了! 咱们财财会说话了!"财财妈连连答应女儿,谢了大夫和护士,欢天喜地地抱着财财回到了家。

这时,张金山也从市场回来了,财财妈就把刚才财财突然开口说话的事告诉他。张金山惊奇万分,俯下身去,拍着巴掌挺亲热地叫:"财财! 财财叫爸,叫爸呀!"

财财退了烧,小脸蛋白里透红,特别可爱,财财抬头瞅着张金山,花瓣似的小嘴一咧,可她没说话,而是像小鸡看见虫子似地欢喜地"叽叽叽"叫了起来。张金山失望地直起身来,吼一声:"妈的,不还是老样子吗!"

财财妈不甘心啊,又把财财搂在怀里,一遍又一遍地叫"财财",可财财仍然是"叽叽叽叽"地叫,财财妈难受得哇哇哭了起来。哭着哭着,财财妈忽然骂起张金山来:"都是你的罪过啊,你这个要钱不要命的老王八羔子,你害了我们母女两个呀!这是报应啊!"

原来张金山做活鸡买卖,为了多挣钱,他每天晚上把从农村收购来的鸡运到家,第二天早早起来,用大号注射器往鸡屁股里注水,每只鸡注三两、四两、半斤不等,只只不落,天天如此,就连财财出世时也没停止过,财财就是在公鸡母鸡、大鸡小鸡惊恐的叫声中出生长大的,所以看见护士往自己屁股扎针,就想起张金山往鸡屁股里注水。

财财妈劝张金山别干了,别再挣那昧心钱啦。张金山怎么肯歇手呢?不往鸡屁股里注水,还能发财吗?财财妈见张金山不依,就要和他打离婚。

张金山哈哈大笑起来,说:"这可是你说的!行啊,我正想换个比你还年轻、比你还漂亮、比你还有钱的娘儿呢!"

"我得把财财带走!"

"那不行!"

"你积点德吧,财财跟着你会变成鸡孩的,你没看见财财的眼睛越长越小、越来越圆吗?"

"那我不管,我有了这个鸡孩,肯定能发大财。辽宁那个毛孩,国家还给他们家盖三间房呢!"

"你——"

"你啥呀!你快点走吧,说啥我也要和你打离婚。"

就这样,财财妈被无情贪婪的张金山连打带骂地逼走了。

从这以后,更没人照看财财了,财财就跟鸡一起玩,一起吃。慢慢的,财财的嘴也变尖了,手指、脚趾也变细了,身上有的地方还长出了羽毛。张金山高兴极了,夜夜做梦就想让财财引起社会轰动,发一笔大财。

　　这一天,开市不一会儿,张金山正在吆喝着卖鸡,忽然一个买主抱着一只鸡神色慌张地跑来,对张金山说:"我不要了,把钱退给我吧,我刚要杀鸡,它却像小孩似地哭了起来。"

　　"真的?"

　　"不信,你拍打它几下。"

　　张金山接过那只鸡,使劲一拧鸡脖子,那只鸡果然像小孩子似地"哇哇"哭了起来。市场上立刻轰动了,跑来许多看稀奇的人,有人对张金山说:"快把鸡抱到电视台去,这可是奇闻哩!"

　　张金山脑子拎得清,连连摇手说:"不行,不行,这要是播出去,谁还敢买我的鸡呀?我现在把这鸡处理了,你们得替我保密呀!"说完,张金山当着众人的面使劲拧鸡脖子,活活把鸡拧死了。

　　可是就从这时候开始,整整一天,张金山再也卖不出一只鸡。张金山自己安慰自己:没人买没关系,我家还有个宝贝鸡孩呢,倒是可以把她送到电视台去,不照样能赚钱?可晚上回到家一看,财财已经死去了,胳膊上、脖子上青一块、紫一块的。法医来验尸,说财财身上的指纹是张金山的。

　　　　　　　　　　　　　　　　　　　　(崔志安)

小偷的儿子

　　有个乡下小伙子，年纪轻轻，可偷窃的本事却已经炉火纯青，比起《水浒》里的时迁、《流浪者》里的拉兹来，不敢说超过，至少是不相上下。因此他觉得在乡下这么偷鸡摸狗地混不出名堂，还不如到大城市里去闯一闯。

　　他千里迢迢来到了城里，那热闹的场面，那万紫千红的都市风光，简直使他眼花缭乱，分不出东南西北了。他好像发现，所有的眼睛都盯着他，使他不敢下手，晃荡了一天，一无所得。他见电车上的人很多，决定上去试试。

　　他上了电车买了票，突然发现前面一个穿着很时髦的姑娘，把手伸进旁边一位老汉的口袋里，一眨眼，老汉的皮夹子就进了姑娘的包里。男小偷看在眼里，喜在心里：咦，是同行！他急忙挤到女小偷身边,趁电车紧急刹车时,身子一晃,来了个蜻蜓点水,神不知、鬼不觉地将那只皮夹子从女小偷的包里转移到了自己的口袋里,并且跟着女小偷下了车。

女小偷走了好一段路,往包里一摸,啊! 皮夹子没啦。她好不恼火,暗暗骂道:"他妈的,哪个不得好死的缺德鬼!"就在这时,男小偷来到她面前,举起手里的皮夹子晃了晃,问道:"喂,干了几年啦?"女小偷先是一惊,但立即镇定下来,两眼一瞪,说:"你这是什么意思?"男小偷得意地笑笑:"没什么意思,只是想跟你交个朋友。""你是干什么的?""嘻嘻,同一条战线上的,不过我觉得,凭你这点本事,只能小打小闹,回去好好练练!"男小偷说着,顺手将皮夹子扔给了她,转身要走。

女小偷先是一愣,突然喊道:"慢! 既然是一家人,那就打开天窗说亮话,咱们合伙干,怎么样?"这对男小偷来说正中下怀,于是一把抓住女小偷的手,说:"好,一言为定! 从今后,我们有福同享,有难同当,大干一场!"

从此,这一男一女两个小偷就结成一体,他们互相配合,互相掩护,所以连连得手。半年下来,就都成了腰缠万贯的暴发户了。

有一天,这两个小偷在饭店里吃饭,酒足饭饱以后,女小偷对男小偷说:"哎,咱们结婚吧,到时候我生他十个八个的,不管男女,统统培养成小偷,有那么一批世界一流水平的神偷,我们就能成为全世界第一流的大富翁。"男小偷听了,高兴地说:"好,对你的宏伟计划,我赞成,明天结婚!"

就这样,两个小偷成了一对夫妻。不到一年时间,果然生下一个五官端正、眉清目秀的小男孩,夫妻俩当然非常高兴。

但是时隔三天,他们发现了一个十分严重的问题:孩子右手老是弯在胸前,小拳头总是捏得紧紧的,你若稍稍扳动一下他的指头或胳膊,他就哇哇大哭。很显然,孩子的右手是有残疾的。

谁都知道,小偷的功夫主要在两只手上,人们之所以称小偷为"三只手",就是说他们手上功夫到家。现在这孩子一只手是残废的,别说培养世界级的神偷,就是做普普通通下三流的小偷也不够格呀。因此,做父母的作出决定:哪怕倾家荡产,也要设法把孩子的手治好。

但是天不遂人愿,他们跑遍了整个城市的所有医院,找了许多名医,却是竹篮打水一场空,没有一个医生能让孩子的拳头放开,连松动一下都办不到。

后来经人介绍,他们找到了一位老中医。这位老中医在给孩子作检查时,发现他的小眼睛老是盯着自己手腕上的金表。他觉得很奇怪,就脱下金表,对孩子说:"你喜欢我这块金表吗?好,你接住,我送给你。"说着,他把表递到孩子面前。

谁知那孩子一见金表,果然伸出两只手来接了。更奇怪的是,那只一直掰不开的小拳头也松开了,只听"啪"地一声,从他手心里掉下一件东西来。

男小偷赶紧从地上拾起来,一看,啊,竟是一只金戒指!他忙问女小偷:"你看看,他从你肚子里带出来这么个玩意儿,难怪他死不松手呀!"女小偷一见金戒指,失声叫道:"啊!这不是我的结婚戒指吗?天哪,他什么时候偷去的?我怎么一点都不知道?"男小偷说:"好极了,这孩子一出世就能偷戒指,长大了肯定是小偷王。"老中医笑笑说:"别忘了,他可六亲不认!"

男小偷、女小偷一听,全愣了。

(张　芜　改写)

戒指旅行记

　　一天上午，"噼噼啪啪"一阵鞭炮响过之后，金银首饰店开张营业。大门一开，许多人拥进了店堂，有的买耳环，有的买戒指，有的买项链……当然，也有的啥也不买，只是凑热闹看新鲜，或者更有甚者，想趁机来浑水摸鱼。

　　一个约摸五十多岁的农民，手提一只破旧的人造革拎包，一会儿钻过来，一会儿挤过去，这里瞧瞧，那里望望，突然在一位女同志身边站住了。

　　这位女同志大概三十多岁，一身打扮并不显眼，但举手投足很有风度。她手上已经戴了一只金戒指，现在又买了一只。她把戴在手上的那只戒指退下来放在柜台上，又将新买的那只戒指套到指头上，左看看、右望望地反复欣赏。农民一看这情景，连忙挤到她身边,身子趴到柜台上,说道:"哟,这金戒指戴到你手上好看极了,这要多少钱呀?"他一边说,一边把柜台上的那只戒指抓到手里,转身就走。

他刚到门边,只听后边传来那个女同志的叫声:"啊,我的戒指呢?我放柜台上的戒指谁拿了?一定是刚才那个……"

农民一听发了慌,心想:糟糕,要是被抓住,我白辛苦、丢面子不算,弄不好还要被送进公安局去蹲拘留所,那就太不划算了。他急中生智,顺手一捋嘴巴,将手里的戒指塞进嘴里,使劲一咽,又吞进了肚子里。这一来,他放心了,于是别转身子,大摇大摆地来到那个女同志面前,说:"是的,我刚才在你身边站过,还同你说过话,至于什么金戒指,我可是连碰都没碰过,幸好我还没出过门,你趁早搜一搜。"说着,他将拎包倒提,把里面的东西统统倒在地上,接着又脱下外衣和长裤,把一只只口袋都翻了个身,然后全扔到地上。他身上只穿短裤和背心,又是拍打又是跳,还用双手捋头发、掏耳朵、挖鼻孔,就像发疯一样大闹了一阵。

那位女同志见他这副样子,忙说:"哎呀,你这是干啥?我又没咬定是你拿的。唉,只怪我自己不小心,你快把衣服穿上吧。"农民这才把外衣裤子穿上。穿好以后,他说:"我刘逢春虽然穷,但穷得石硬,不是吹牛,我活到五十多岁了,连人家的稻草都没拿过一根,不相信,你们到刘家庄去打听打听。"他说完,提起拎包,大模大样地走了。

这个叫刘逢春的农民出了金银首饰店的大门,越想越高兴,越忖越好笑。有人要问,莫非他不知道吞金是要死的吗?当然知道。他之所以敢把金戒指吞进肚子里,是因为他家有个祖传秘方,只要吃下生韭菜,就能让韭菜把金子裹起来,而后原封不动地拉出来。现在一切顺利完成,就等吃下生韭菜拉金戒指了;一旦金戒指拉出来,就可换成花花绿绿的人民币;有了人民币,买咸的,买甜的,买……哈哈,想啥买啥。

他不知不觉来到菜市场,从这头跑到那头,又从那头跑到这头,跑遍了每个角落,就是不见有卖韭菜的。他摸摸肚子,只觉得沉甸甸的,似乎还感到隐隐作痛,就急忙出了菜市场,搭上三轮卡车回家了。

刘逢春回到家,二话不说,首先来了个全家总动员,叫儿子、女儿统统出门去找韭菜。找到韭菜后,能要的要,要不到就买,不肯买就偷,总而言之,要千方百计、不择手段地搞到韭菜。

直到傍晚,韭菜终于搞到了。刘逢春一见,喜出望外,大把大把地抓来就往嘴里塞,虽然那滋味不是太好,但想到那金戒指,还是硬着头皮一口气吃了一斤多,直吃得肚子胀鼓鼓的,才静静地躺到床上,等待着拉了。

他左等右等,直等到半夜,只觉得肚子一阵阵地绞痛,还听见"咕噜、咕噜"地叫,他猜想,大概关键时刻到来了,急忙坐到马桶上"稀里哗啦"好一阵泻。可事后一检查,连金戒指的影子也没有。

这下可害苦了刘逢春,爬起躺倒,躺倒爬起,整整折腾了一个晚上,连眼睛都拉得凹了进去,可金戒指就是不出来。这可怎么办呢?他细细一想,觉得毛病出在生韭菜的吃法上。他想:怎么能把韭菜嚼得那么细呢?我得整根地吞下去,才能把金戒指裹起来呀,对,重新来过。他又拿来韭菜,就像鹅吃草似地一根根往肚里咽。这可比嚼着吃更难受了,咽得眼泪鼻涕直流,可那只断命的金戒指还是不露面。

一连三天,刘逢春已经奄奄一息,连说话的力气都没有了,但肚子却痛得越来越凶。一家人见他这副样子,都围在床前"哇哇"地哭。刘逢春也知道自己活不长了,就有气无力地对儿女们说:"看来我的寿数已到,这是命中注定的,哭也没用。你们记住,我肚子里还有个金戒指,是我自己吞下去的。等我死后,你们自己动手把我的肚子剖开来，一定要找到金戒指，一定……"话没说完就晕了过去。

听他这一说，全家人恍然大悟，闹半天原来他是吞金自杀。可是大家弄不明白，他无缘无故为啥要自杀呢？他吞下去的金戒指又是从哪里来的呢？大家一商量，觉得不能让他这样不明不白地死去，得立即送医院抢救。

刘逢春就这样迷迷糊糊地被送进了县人民医院。经 X 光一照，果真是肠子里梗着个金戒指，必须马上开刀，把戒指取出来。

这天上午，一切手续办妥后，刘逢春被送进了手术室。谁能想到，今天主刀的恰恰是那天在金银首饰店里丢失戒指的那位女同志。当她从刘逢春肚子里取出那个戒指一看，差点叫出声来：这不是我的戒指吗，怎么跑到他肚子里去了呢？她朝昏迷不醒的刘逢春仔细一看，喔，就是他！他那天的戏演得多好！唉，真是"人为财死，鸟为食亡"呀！

女医师不动声色，照样认真地做她的手术，细致地处理好每一个细节。一切都顺利完成后，她把那个戒指放进一只小小的玻璃瓶里，又用胶布封好口，然后连同病人一道送回到病房里。她对刘逢春的家属说："病人已脱离危险，你们放心就是。这个戒指放在这里，你们暂时不要动它，过几天还得做一次化验。"

时间蛮快，一晃过去了半个月，刘逢春虽然肚皮上吃了一刀，经受了不少痛苦，但看见那个金戒指在床头柜上放着，心里很高兴。他心情一舒畅，身体恢复得也快。他要出院了，可是一结账，他吓了一跳，光医药费就花去了上千元。他想：这笔生意太不合算，吃了那么多苦头，连本钱都捞不回来，唉，晦气晦气！

刘逢春正在懊丧，那位女医师走进了病房，摘下口罩，笑眯眯地问道："刘逢春，你还认识我吗？"

刘逢春抬头一看，想起来了，她不就是那个在金银首饰店买戒指的女人吗？天哪！这真是"冤家路窄"，看来这金戒指也保不住了。但他不愿就此认输,强装镇静地说:"认识,认识,你不就是救我性命的医生吗? 我不会忘记你的。"

"不,其实我们早就相识了。你难道忘了,那天在金银首饰店里,你的戏演得多好啊! 你把我的戒指藏到肚子里,保管得那么好,我该怎么感谢你呢?"

"不,不,不……"刘逢春紧紧抓住那个装着戒指的瓶子,脸涨得血红,连话都讲不出来了。

女医师说:"你不用紧张,我知道你很喜欢这个戒指,你为了得到它,连命都差点送掉。就凭这点,我愿把这个戒指送给你作个纪念。不过我得说明,这个戒指不值钱,我当年只花一元六角钱从地摊上买来的。"

一听这话,刘逢春只觉得脑袋里"嗡"地一下,手里的瓶子落到地上,"啪"地一声跌了个粉碎。他一屁股跌坐在病床上,像个木头人一样,连气都喘不过来了。

(吴文昶)

聪 颖 机 巧

没有愚者，
不显智者。

村长不知从何处弄来一张狐皮,去找裁缝做帽子。

他进门就问裁缝师傅:"你看我这张狐皮能做几顶帽子?"

裁缝左右一量,说:"紧紧手能做两顶。"

"还做不成三顶?"村长不满足地问。

裁缝一听有点生气了:"四顶还行哩!"

村长没听出他话里的意思,高兴地问:"五顶行不行?"

裁缝暗想:这个贪得无厌的家伙。就说:"七顶八顶由你要吧!"

村长一听可高兴了:"你费点事,就给我做上九顶吧!"

裁缝伸出一个拇指头,说:"凑整十个,包你满意。"

几天后,村长去取帽子。裁缝拿出十顶指头大的手帽子,村长气得说不出话来。　　　　　　　（魏俊珑　孟元亨　搜集整理）

怪病

你们见过一种病吗？叫做"狂热错位症"。别以为我是在胡扯，千真万确，是我亲耳听一位骨伤科医生所说，并亲眼看他治疗的。

至于这种病的症状是怎么样的，医生又是怎样治的，治疗结果如何，你先别急，听我讲完故事，你就全明白了。

故事发生在人人皆知的疯狂年代，地点是江南一个小镇上。

一天，小镇东面的广场上人头攒动，格外热闹。人们知道，今天的群众大会，主要是揪斗镇上一个名叫周祥华的骨伤科医生，这将有一场好戏，所以来的人特别多。

今天主持会议的是一个名叫余红红的年轻姑娘。别看她个子小小的，一副文质彬彬的样子，造反的劲头却特别大，整起人来心狠手辣,剃头发,拔胡子,捆耳光,剥衣服,以及捆、绑、打、吊……什么都干得出来。今天她身穿军装,腰扎皮带,胳膊上套个红袖章,手里举着红本本,飒爽英姿地来到台中央,大声吼道:"现在,把反革命分子、反动医学权威周祥华揪上台来!"她话音刚落,四个严阵以待的彪形大汉立刻一拥而上。

周医生今年62岁,一头银发,雪白的胡子飘在胸前,很有风度。今天他穿一件洁白的对襟衫,两手插腰,早已等他们来揪了。谁知四个大汉来到他身边,一个抓头发,一个抓衣领,两个拧胳膊,推的推,拉的拉,他却像钉在地上的木桩似的,丝纹不动。造反派们一见这阵势,又来了四个帮手,八个人一起用力,还是动他不了。

这下台上的余红红急了,拼命地喊口号助威。她先是举一只手喊,接着举两只手喊,而后又跳着喊:"坚决打倒……"口号没喊完,出事了!只听"咯"地一声响,她举过头顶的那两只手怎么也放不下来了。这不坏了吗?堂堂造反派头头,竟成了举手投降的俘虏兵,这还了得?于是造反派哥儿们立即停止对周医生的揪斗,急忙上台相助,去扳她的手,可是不行,稍一用力,就痛得她大汗淋漓,哇哇直叫。台下的人拼命喊:"下定决心,不怕牺牲,排除万难,去争取胜利!"足足喊了几十遍,根本无济于事。

这突然发生的事故,把造反派们急傻了眼,一个个像热锅上的蚂蚁,但又束手无策。

最着急的还是余红红的妈妈。她见自己的女儿在这大庭广众之下弄成这般模样,真是心如刀绞,当着众人的面又哭又骂:"你一个姑娘家,一天到晚斗斗斗,现在斗出祸来了吧,这是报应啊!"可她觉得骂也不解决问题,总不能让她举着双手过一辈子呀。现在别的办法没有,只得去求周医生。她来到周祥华面前,"叭"地跪下,苦苦哀求:"周医生,你大人不记小人过,不看僧面看佛面,我求求你,无论如何给她看一看。"周医生一把拉起余红红的妈，说："大妈，救死扶伤是我们做医生的职责，见死不救，见伤不治，那要我这个医生干什么？可是今天不同，我是反革命，他们规定我不许乱说乱动，没有他们的同意，我不敢动呀。""周医生，你不要管他们，红红是我的女儿，我说了算，天大的事我顶，你一定帮帮忙。""好吧，去看看再说。"

周医生随着余红红的妈来到台上。他围着余红红转了一圈，又轻轻地扳动了一下她的手臂，摇摇头："这是一种很少见的怪病，叫做'狂热错位症'。这种病，用药物无效，动手术不行，只能用特殊的办法对待。"余红红的妈说："周医生，只要能治好，什么办法都行。""那好，你马上给我把她的头发剪光。"余红红的妈一惊，啊？姑娘家的头发剪光了还像啥样，不成尼姑了吗？可是为了治病，也就顾不得那么多了，当即找来剪刀，"咔嚓咔嚓"三下五除二把女儿的一头秀发剪了个精光。

这对余红红来说，真是有苦难言！她清楚地记得，自己曾亲手剪过五个女同胞的头发，那时的心情是何等的自傲，可现在自己站在高台上，当着众人的面，被铰成个光郎头，竟连反抗的能力也没有，她伤心极了，怎么也熬不住，眼泪"刷刷"地流了下来。

周医生又说了："把她的外衣脱掉！"余红红的妈只得解掉女儿的皮带，又解开扣子，然后爬到凳子上，将外衣从她手臂上剥了下来。"把她的长裤子脱了！"娘也只得照办。

现在余红红只穿一件汗衫、一条花短裤，高举双手，就像体操运动员准备翻跟头似地站在台当中，等着周医生来给她整治胳膊。谁知周医生还是不动手，只是冷冷地下达了又一道命令："把她短裤脱了！"

一听这话，别说余红红打了个寒颤，她妈妈也浑身肌肉收缩，连忙说："周医生，这不行啊，她一个姑娘家，你叫她以后怎么做人呀，我求求你！"这位周医生也是铁石心肠，对人家的哀求无动于衷，而且板着脸孔说："我是医生，我只管治病，可不管姑娘还是老娘,快脱!"余红红的妈还是不动,她实在下不了这个狠心。"你不脱是吗?那你走开,我来!"周医生说着袖子一捋,把手伸向了余红红的裤腰带……

哪里知道,周医生只是虚晃一枪,他的手伸到离余红红裤腰带还有两厘米距离时却来了个急刹车,停住了。就在这时候,余红红已吓得脸孔发白。她出于自卫,竟忘了一切,只听她"啊"地一声惊叫,两只手从头顶缩了回来,紧紧地抓住了自己的裤子。

周医生这才长长地吁了一口气,擦了把汗,笑笑说:"好了好了,再没事了,快让她穿好衣服,领她回家,好好休养。"说完扬长而去。

余红红出了次大洋相,再加那一头秀发已被剃光,从此以后别说抛头露面去斗别人,连房门都不敢出一步。几个月下来,她也和造反派们疏远了。因此,人们都说,周医生真高明,不但治好了她的关节错位,还医好了她的狂热症。

(吴文昶)

进入人体的雷管

十年动乱时期,那真是是非颠倒,天下大乱,什么稀奇古怪的事都有。

这天深夜,市文攻武卫指挥部二把手兼医院造反大队头头胡锦标在医院里批斗完老院长,哼着小调回家去,当拐进一条弄堂的时候,突然前后夹攻窜来两条黑影。胡锦标一看,不由浑身打颤,只见这两人头上蒙着黑布,身上穿着黑衣,脚上黑鞋黑袜,顶顶吓人的是手里都捏着一支乌黑锃亮的手枪。没等胡锦标出声,前面黑影压低了声音说:"胡锦标,委屈你跟我们走一趟。"话未说完,一块黑布蒙上他的眼睛,接着两个黑影连拉带扯,把胡锦标拖出弄堂,推进一辆小车,车子向郊外开去。

大约半小时以后,车子停了下来。胡锦标被架下车子,脚高脚低地跑了十多分钟,一声"请坐",被按在一只硬邦邦、冷冰冰、光秃秃、滑溜溜的凳子上。胡锦标用手一摸,心里一惊:这不是坟墓里的供桌吗? 这时,蒙在眼睛上的黑布被解开来了,胡锦标睁眼一看,果然是一座公墓。这个地方他太熟悉了,前儿天,为了表明自己大无畏精神,曾带人来砸石碑、掘棺材,现在,坟墓弄得七零八落,尸骨丢得横七竖八,夜风一吹,真叫汗毛凛凛。胡锦标想:这两个人叫我到这死人睡觉的地方来做什么? 会不会一枪两个洞把我摆平在这里? 一想到死,胡锦标不由眼泪汪汪,他一下子跪倒在地上,双手一拱,说:"两位革命战友,我们都是来自五湖四海,兄弟有得罪的地方,一定斗私批修。今夜望高抬贵手,高抬贵手。"讲完,连连叩头。两个黑影一听哈哈大笑:"起来,起来,别慌,别慌。胡头头,我们经过全面了解,发现你是当地头上长角、身上长刺的人物,造反精神最足,斗人手段最毒,因此奉令请你写几个字,参加一个革命团体。"说罢,拿出钢笔纸头,用手电筒照亮了一块地方,叫胡锦标听写。黑影对胡锦标说:"听好了,写上'打出天下,倒转乾坤,共创大业,党兴国旺'。后面签上你的名字。"胡锦标一听是四句造反口号,乖乖地顺从了。那两个黑影还摸出印泥,叫胡锦标按上手印。

然后,那两个黑影将纸头收起,客气地说:"胡头头,请你把裤子脱了。"胡锦标一听,以为对方要打屁股,吓得赶紧磕头求饶:"要文斗,不要武斗,别打,别打。"那两个黑影笑了:"嗳,我们不会像胡头头那样打走资派屁股,只是想给你做一次直肠镜检查,懂吗?"胡锦标原先是市中心医院的一名勤杂工,看到过做直肠镜检查,听了这句话,有些莫名其妙。两个黑影见胡锦标不动,就催道:"男人看男人的屁股,有什么不好意思的,请吧,请吧。"胡锦标实在摸不透这两个黑影的用意,颤抖着声音哀求道:"饶命,饶命。"那两个黑影发火了:"革命不是请客吃饭,你再啰唆,我们要采取革命行动了。"胡锦标百般无奈,只得乖乖地脱下裤子,爬上供桌,像老太婆拜佛一样,抬起光腚,听他们摆布。瞬息之间,一件冰冷贼硬的东西塞进了他的肛门,黑影说声"好了",胡锦标站起来拉好裤子,只觉得下面胀得难受,但又不敢问是什么东西。一个黑影好像了解他的心思,对胡锦标说:"胡头头,这是最新科学发明,叫忠诚测试雷管,它由你大脑信息控制,如果你对刚才的表态有什么三心二意,它就会在你体内定向爆炸,只炸心肝肚肺而不使你粉身碎骨;若是心无二念,到一定时间,会自动排除危险。但必须注意:一,不能用手或任何金属器具去接触雷管;二,六小时内不准震动,不能喊叫,以免引爆。为此我们特地为你选了这个坟场作测试地,委屈你在这里等到天亮。胡头头,祝你成功,咱们后会有期。"说完,还同胡锦标握手告别。

胡锦标被弄得哭笑不得,心里真想痛骂一顿,可又怕引起雷管爆炸。眼看两个黑影要走,胡锦标心里一害怕,倒想出一个急办法来,忙叫:"喂,两位革命战友慢走,我有一个请求,测试雷管是否改日再放,我们已经贴出布告,明天早上六点,要游街批斗医院里的走资派和反动学术权威。"两个黑影摆摆手,说:"批斗游街,来日方长嘛!"说罢,迈开步子走了。

此刻,荒凉阴森的公墓里只剩下胡锦标一个人,一阵阵冷风吹来,吓得他全身上下根根汗毛竖起。他想:我在这里凶多吉少,万一试验失败,雷管爆炸,我不是死得不明不白、无人知晓吗?现在,我只有慢慢地走出去,找人采取措施排雷,才能化险为夷。想到这里,胡锦标缓缓地立起身来,为了减少震动,他不敢跨步走路,只得并拢双脚,肩膀一歪一扯地往前移动。

真叫事有凑巧,就在胡锦标摸索着走出公墓的时候,从这条路上迎面走来两个偷棺材板的农民,他们捐着担绳杠棒,一路走来,突然间发现前面一个影子从公墓里出来,以为今夜僵尸出现,吓得"扑通"一声跪了下来,磕头如捣蒜。这时,胡锦标也发现了那两个黑影,他以为又遇上了那两个冤家,吓得连连求饶:"战友,战友,我不是心不诚,实在是屁股下面憋得难受,才……"那两个农民见对方开口说话,知道虚惊一场,胆子也大了起来,反问:"你是什么人?为啥半夜三更到此转悠?"两个人边问边走近了胡锦标。胡锦标一看,心里明白了,这两个人是来偷棺材板的,于是来了神气:"你们听着,我是市文攻武卫指挥部的胡锦标。"两个农民一听"胡锦标"三个字,马上吼了起来:"放屁,你这个家伙竟敢冒充胡锦标?'胡锦标'城里、乡下哪个不知,谁人不晓,他怎么会半夜三更在坟墓里和死人打交道?你想用他的名字吓吓我们乡下人,谈都不要谈!"农民一边说一边就要举起手里的棍棒打他。胡锦标见要挨打,连忙急叫:"别打,我身上有雷管,要爆炸。"一听有雷管要爆炸,那两个农民急忙闪开,想转身逃走。胡锦标又急了,连忙喊:"革命的站住,反革命的滚他妈的蛋!"两个农民真的停住了脚步,小心地问道:"你真是胡锦标胡司令?""我怎会骗你们呢?不信看证件。"说着,把证件扔给两人。两人在黑暗里没法看清,说:"那就相信你吧,胡司令,深更半夜你到这公墓里来找哪个牛鬼蛇神?"胡锦标见问,马上简单扼要地作了解释,要两个人立即想法救他出去,并表示将给予奖励。两个农民合计了一下,说:"这里一无担架,二无藤椅,你若是不怕脏,只有躺在棺材板上,抬到城里去。要不你等在这里,我们替你打电话叫车子,你看哪个办法好?"胡锦标想:去打电话没有把握,万一两个人一去不归,我仍旧难脱险境,躺在棺材板上当场可以解决问题,比较保险。所以忙说:"打电话太麻烦,远水救不了近火,就地取材,我躺棺材板去文攻武卫指挥部。"两个农民点头答应了,马上找来块棺材盖板,用绳子络好,叫胡锦标上去。胡锦标怕仰卧压着雷管,只好趴在板上,一路上,一阵臭气熏得他翻肠倒肚,呕吐不止。

折腾了近两个小时,方才抬到文攻武卫指挥部。指挥部里几个骨干一看，吓了一大跳，马上开紧急会议，决定请求解放军工兵营为胡锦标取雷。可去工兵营有一段路，想用汽车送又怕震爆雷管，为防万一，换副担架，仍旧让两个农民抬去。到了工兵营，扫雷战士马上用仪器探测，没有丝毫反应，他们为难地说："同志呀，这体内雷管测不出信号，看来还得请体内取异物的医生开刀抢救。"众人一听，觉得有理，赶紧又送医院急救。

他们赶到医院，消息传开，有的着急，有的好笑。看热闹的人不少，肯动手开刀的却一个没有。为什么呢？一是水平搭不够，二是风险不敢担。怎么办？商量再三，要保证万无一失，只有请体内取异物的专家老院长来主刀。一听请老院长，胡锦标这批人窘了，因为老院长是走资派加反动学术权威，昨天批斗到半夜，今天准备六点钟拎出去游街示众的，怎么能叫他看病呢？可是不叫他又叫啥人呢？老院长经验丰富，能手到病除，曾救活过不少病人。性命要紧，胡锦标窘归窘，还是立即派人去押老院长出来看病。

不多一会，老院长踉跄着被押了过来，只见他满身伤痕，对胡锦标说："胡司令，我是个反动学术权威，又是走资派、黑帮分子、专政对象、打倒对象，帽子多，头上重，眼睛花，手脚笨，我不能做呀。""帽子脱掉，将功赎罪。""胡司令，救死扶伤应是医生本分，可是弄伤的手指未曾复原，平时抖抖索索，万一有个三长两短，我怎么担当得起？""不妨，不妨，只要你尽力排除危险，万一我光荣牺牲，与你无关。""胡司令，你不会怪我？""不会。""说话算数吗？""算数。""那么你趴在床上，解下裤子。"胡锦标一切照办。

谁知就在老院长准备动手时，只听"扑"一声怪响，一样东西落到地上。几个文攻武卫骨干以为是雷管爆炸，马上扑倒在地上。不多一会满屋臭气，就是不见动静，几个胆大的向前一看，只见地上有节五号电池。

　　此刻,胡锦标吓得三魂出窍,六魄离身,早已昏了过去。刚醒过来,只见"噔噔噔噔"走来一伙人,这些人头戴藤帽,手持木棍,冲过来把胡锦标一拎,推了就跑,嘴里还高呼:"打倒现行反革命分子胡锦标!"文攻武卫指挥部几个骨干一看,傻眼了,忙吼道:"不要误会,不要误会。""误会?"来人拿出一张小纸头,只见上面是胡锦标的笔迹:"打出天下,倒转乾坤,共创大业,党兴国旺。"还有胡锦标的签名。看了这四句十六个字,几个骨干面面相觑,他们弄不懂,这几句话反动在啥地方? 拿出纸条的人告诉他们说,用每句开头字相联,就是"打倒共党"。一听有这样反动,这些骨干们吓得也连忙跟着高呼口号:"打倒胡锦标,打倒现行反革命!"叫了一阵口号,他们便都满怀阶级仇恨,回去准备召开新的批斗大会,却把老院长丢在了一边。

　　这时候,不知从什么地方走来两个医院里开车的年轻人,他们叫了声:"老院长,回家吧。"便上前扶着老院长走出大门,一辆小汽车把他直送到家。

（夏　林）

愚 拙 无 知

缺少钱财只是贫穷，
缺少智慧才是不幸。

糊涂的父子俩

　　父子俩摸黑起早,穿着新衣,背着干粮,进城赶集。走到城外时,天将明,他们见城门没开,便坐在城外歇息。

　　突然,父亲发现自己脚上穿的鞋一只黑,一只白,准是早上匆匆忙忙穿错了。可别叫城里人笑话咱,父亲便让儿子回家去换。

　　儿子拿起父亲的鞋大汗淋淋地跑回家,当他跑进父亲房里往床下看时,惊呆了,原来床下也放着一双不同颜色的鞋,一只黑,一只白。嗨,我这个父亲也真是的,这床底下放的和我手里拿的不是一模一样吗?于是他别转身,又跑回父亲身边,发火样地把鞋甩给父亲。

　　父亲看着儿子那辛苦劲,听了他的牢骚话,后悔地说:"唉,谁知家里的鞋也是一只白、一只黑呢！别火,别火,怨我一时糊涂,没想周到!"

父亲边穿鞋边想这个理儿,忽然他想到这问题的根子出在娃他妈身上:真是荒唐透顶,还能把两双鞋全都做错吗？回去一定要和她算账。

（陈存民　整理）

三个瞌睡虫

从前,有三个睡觉包,黑夜睡,白天睡,坐着睡,走着睡,端起饭碗能打三个盹。人们给他们每个人送了一个名字,一个叫"昏沉沉",一个叫"迷登登",一个叫"糊涂涂"。

有一天,三个人来到一个店里,躺在炕上就"呼噜呼噜"地睡了起来,炕上的臭虫把他们包围了,个个吃得滚瓜溜圆。昏沉沉觉着不知哪疙瘩有点刺痒,抓起一条腿就挠搔起来,越挠越刺痒,越刺痒越挠,直到挠出血来了,他才知道那不是自个的腿。唉,往人家身上挠,咋能解自己身上刺痒呢?

迷登登的腿叫昏沉沉给挠出了血,他在梦中觉得腿火燎燎的,伸手一摸,怎么湿湿的?"哎,"他推了糊涂涂一把,"撒尿去!"

糊涂涂毛愣愣地说："哦？我有尿啦？"迷登登说："都尿到我腿上啦。"于是，糊涂涂就糊里糊涂地提拎着裤子，开了二门，冲着外面就尿。这时外面正下着雨，糊涂涂当是自己的尿，自言自语地说："这尿憋得时辰不小，哗哗的。"雨一直在下，他就一直站在那儿尿，等雨停了，他已经站着睡着了。

忽然，店家吵吵嚷嚷地说："有贼！有贼！快抓贼！"糊涂涂站在那儿，人家把他当贼了。糊涂涂这时才醒了一点，回屋推起那两个说："快跑，人家拿咱当贼抓了呀！"于是三个人就昏沉沉、迷登登、糊涂涂地朝大门口跑去。

到了大门跟前，一摸，门上了锁。咋办？门旁有个狗洞子。对，就从这往外钻。一个人满不费劲就能钻过去，钻两个人窄窄巴巴，钻三个人就不行了。可这三个人，偏偏要一块儿往外钻，他们把头伸向狗洞子，差点挤扁了，好容易把头挤了出去，可到了肩膀子就卡着怎么也过不去了。于是，这三个人就头朝门外、身子在里又睡过去了。

店家正找贼呢，拿过灯笼一照，敢情都在狗洞子里避风呢！店家大喊一声："扒了他们的裤子，给我使劲地揍！"伙计们举起板子就朝这三个人的屁股揍了起来。

三个人在梦中听见"噼噼啪啪"的声音，说："听，那院子里不知打的哪个，咮哩咔喳的，多亏咱们跑得快，不然的话也得挨揍。管他呢，睡咱们的大觉哩！"三个人又昏昏沉沉、迷迷登登、糊糊涂涂地睡过去了。

（李　明　搜集整理）

为什么哭

　　有一个地方，住着母子两人，日子过得很苦。儿子为了改变贫苦生活，决定出外做工挣钱，养活自己的母亲。

　　转眼，儿子已出外半年多了。老婆婆好不容易盼来了一封信，可拿着信却愁起来：自己不识字。怎么办呢？她决定到教书先生家去请教。

　　她走到一座小桥上，碰见一位年轻小伙子。老婆婆急于想知道儿子的消息，把信拿给小伙子，请他念念这封信。

　　谁知小伙子接过信，只念了"妈妈"两字，就不吭声了，过了一会儿，只见那小伙子竟"叭哒、叭哒"掉起泪来。

　　老婆婆一看，忙问："小伙子，怎么了？信上写什么了？是不是我儿子出事了？如果出什么事，天啊，请你快告诉我，我虽然老了,可我顶得住。"可那小伙子好像没听见一样,眼泪还是一个劲地掉下来。老婆婆想:肯定是儿子出事了。于是她也哭了起来。

这时,从桥边过来一个中年妇女。她看到桥上的小伙子和老婆婆哭得泪人儿似的,也停住了脚步,跟着他们哭起来。

他们的哭声引来了正在不远处种田的农夫,农夫一看站在桥上哭的一个是小伙子,一个是中年妇女,一个是老婆婆。他想:这一家子怎么在这儿哭呢?对了,一定是小伙子的父亲,也就是中年妇女的丈夫、老婆婆的儿子掉进河里了。可能他们三个人都不会游泳,所以他们急得哭了。这么一想,农夫急起来了,便放开嗓子大叫起来:"救人呀,有人落水了,快来人呀!"

人们一听,立即从四面八方围过来,七嘴八舌地发问:"人呢?""掉到河里的人呢?"

人们看看河水静静的,就问那中年妇女:"什么人掉进河里了?"

中年妇女说:"没有。""那你为啥哭呢?""说来话长。"中年妇女擦擦眼睛说,"两年前这个时候,我唯一的儿子过桥时落水淹死了。好久没有痛痛快快地哭了,今天看到他俩哭,使我想起了我那可怜的孩子,所以伤心得哭起来。"

人们又问老婆婆:"那么,老人家,您为什么哭呢?"

老婆婆抹着眼泪说:"我儿子捎来一封信,我让这位小伙子念念,可他看了信一个劲地哭,我想我的儿子一定出事了。我就这么一个儿子,所以忍不住哭了。"

人们又问那个小伙子:"那么,你又为什么哭呢?"小伙子说:"说起来难为情,小时候因为不爱学习,认识的字没有几个,所以拿到这封信竟认识不了几个字。想想非常后悔,不由哭起来。"

(顾荔鸿　搜集整理)

傻母女

　　大年三十,福生老汉赶圩回来,交给女儿一块粗白布,又给了老婆一块蓝布。

　　他对女儿说:"过年了,要磨豆腐。喏,丫头,你拿这三尺白布缝一只装豆浆的袋子。"

　　又转脸对老婆说:"过年有客要来住夜,你用这蓝布缝一床套被,两样东西都当紧用,手脚要麻利些。"

　　这可把母女俩愁坏了。

　　母亲想:套被怎么缝呢? 得先去看看那床旧被。她来到房里,在床上打开旧套被,左看右看:啊,套被的接缝部在里边呀! 我得钻进套子里缝。

　　女儿想:豆腐袋子不是圆的吗? 怎样才能缝出圆的豆腐袋

呢？啊，有办法，那骑楼的四根柱头不是又圆又粗吗？哈！就这样缝吧。

女儿把白布、针线、顶针带到骑楼里，将布包着一根柱头，便缝了起来。她一边缝，一边唱："豆腐袋，缝得圆，缝得快……"不一会便缝好了。可她立刻又难住了。怎么把袋子从柱头上取下来呢？她左思右想，也想不出个好法子。

她急了，于是问母亲："娘哎，豆腐袋子缝好了，套在柱头上，怎么脱下来呀！"

母亲正在床上缝套被，她将棉被连她一起套在被单里，还有几针就合缝了。她想到骑楼里看个明白，帮帮女儿的忙，可被被套子套着出不来。

她气急地骂道："傻丫头，真没心计，豆腐袋子是套着柱头缝的么？谁教你的啊？娘是被被子套住出不来罢了，要是出得来，我非搧你两耳光不可！"

（莫文超　搜集整理）

三个伙计

　　有个老板雇伙计,推车的要急性子,才跑得快;养猪的要慢性子,才能吃苦;还有一个要会算计,买东西才能占便宜。经过一番挑挑拣拣,这三个伙计总算找到了。

　　这一天,急性子推车送老板上朋友家去,路上遇到一个大水塘,急性子二话没说,驮起老板就往水里跑。老板心里欢喜,说:"哎哟,你做事爽快喽,我把大女儿嫁给你!"

　　急性子一听,"扑通"一声,把老板撂到水里,就趴下来向他磕头:"谢谢老板,谢谢老板!"

　　老板呛了一鼻子水,长袍马褂也浸湿了,爬起来向他发火:"你发昏了,哪有这样子谢人的!"

　　急性子回嘴:"不要怪人! 你晓得我脾气急才用我的。"

老板听了也只好作罢。

再说慢性子伙计专门养猪，成天慢吞吞地调猪食、扫猪圈，做什么都很耐心。老板看了欢喜，说："还是慢性子好，猪子都养得肥头大耳的。"

这一天，慢性子看见小少爷跌到井里去了，他要去告诉老板，就慢吞吞地把小猪赶进圈，又一只一只地数了一遍，然后才歪歪踱踱地走进堂屋。那老板和人家正赌得来劲，慢性子插不上嘴，就站在他背后等。

老板的牌打成了，一侧头看见他在旁边，就问："你站在这里干什么？"

慢性子说："小少爷跌到井里去了，我来叫你喊人去捞的。"

老板气得鼻子直哼哼，连忙找人捞起儿子，一看，已经断了气。

老板伤心极了，叫第三个伙计去买棺材。这个伙计会占便宜喽，他到棺材店里问问价钱，心里就打起了算盘："嗯，大棺材八块，小棺材六块，我连大带小买下来，给个十块也差不多了。"

他同店里伙计好说歹说，交易真还做成了。两口棺材运到家，老板一见就跳起来："死了一个伢儿，你怎么买两口棺材？"

伙计朝他笑笑，说："连大带小能便宜四块钱。现在多买一口，等你以后死了也好用嘛！"

（刘明芳　记录）

学 礼 节

　　从前,有一个老师带着几个学生去敬神,老师对学生说:"今天去,你们主要跟我学些礼节,我干什么,你们就学着干什么。"

　　敬神一开始,老师三叩九拜,学生也跟着三叩九拜;老师用手指在水里头蘸一下,又朝外弹一下,为神净水,学生们也把手指头放在清水里蘸一下,朝外弹一下。当时是七月份,正是吃西瓜的季节,院子里扔着西瓜皮,老师出来走到院里,不小心踩到西瓜皮上滑倒了,学生们便都规规矩矩踩到西瓜皮上滑一跤。

　　敬罢神吃饭。第一碗端上来的是肉丸子,老师先拣了一个放在嘴里,又急忙拣了一个放进嘴里,一下给噎住咽不下去了,老师就把手指头伸进嘴里,往嗓子眼一捅,捅进去了。学生们糊里糊涂地跟着学,也都先拣一个放进嘴里,又拣一个放进嘴里,再用手指捅。

　　第二碗端上来的是粉条,老师把粉条拣到嘴里就稀溜溜往下咽,给呛得打了个喷嚏,吃进去的粉条全从鼻子里钻了出来。学生娃子们跟着一个个把粉条放到嘴里使劲打喷嚏,可咋打也打不出来。

　　晚上,大家回到学堂,老师问学生:"今天的礼节,你们学下了没有?"学生回答:"三叩九拜学下了,踩西瓜皮滑倒学下了,往嗓子眼捅肉丸子也学下了,就是粉条子从鼻子里喷出来的那个没学下,请老师再教一下。"

　　　　　　　　　　　　　　（孙秀华　搜集整理）

揪心的一巴掌

　　从前,扬州乡下有个叫小癞子的男孩,12 岁死了娘,和父亲相依为命,靠一条破烂的小渔船,终年捞鱼摸虾,苦度光阴。

　　父亲是个酒葫芦,爱酒如命,妻子死后,他喝得更凶了,常常大醉而归,回到船上就发酒疯,打儿子,把小癞子打得浑身青一块紫一块的,然后倒头就睡。等酒醒之后,他又搂着儿子哭,还骂自己不是人,并且赌咒发誓,不再喝酒。这时,小癞子往往边给父亲擦眼泪边说:"爹,你别难过,我不恨你,我也不疼。"可是酒葫芦戒酒谈何容易,过后他又去喝。要是醉得不凶,还能买点吃的回来,给儿子充饥;如果喝多了,就苦了小癞子,只能蜷缩在船舱里,抱着咕咕叫的肚子,眼巴巴盼着父亲给他带来点吃的。可他父亲却醉倒在草丛里,整夜不回来。

人总是要努力争取生存的,何况孩子已十多岁了,几次一饿也就饿出办法来了:他跳进河里,抠河蚌摸螺蛳,再放到锅里,用清水煮煮,既无油也没盐,半生不熟的,也能狼吞虎咽地吃上一大碗。就这样,他越吃胃口越大。

有一天,酒葫芦没有去喝酒,还买回来一些玉米面,烧了大半锅糊糊。小癞子见了当然高兴得不得了,一大碗滚烫的糊糊,三口两口就灌进了肚子里。父亲见他如此贪食,又那样的骨瘦如柴,觉得很内疚,心里一酸,眼泪就下来了。他问儿子:"不烫吗?""不,一点不烫。""那你就再吃吧。""不,那些留给你吃了。""爹吃过了,你吃吧。"儿子这才又接连灌下了两大碗。父亲将儿子搂进怀里,抚摸着说道:"唉,就剩皮包骨头了,一定是爹不回来的日子,把你饿坏了。"儿子笑笑,说:"不,你不回来,我就摸河蚌煮来吃,饿不着。"酒葫芦又叹了口气,说:"爹对你不起,总有一天,爹带你到扬州城里去吃一回好东西,一定。"

从那以后,酒葫芦不再打儿子,也不再狂喝猛饮了,开始自我节制,他要攒钱领儿子进城吃一顿。

过了好长时间,他总算攒下了点钱,见儿子越来越瘦,就牙一咬,摇着小船来到了扬州城里。他那点钱,当然吃不起维扬大菜,只能尝尝风味小吃,于是父子俩走进茶馆,要了四笼富春汤包,外加一瓶老白干,一包花生米,一壶茶。

要的东西一样一样全部来了,酒葫芦对儿子说:"小癞子,这富春汤包可是扬州有名的小吃,外面凉,里面烫,皮子里包着肉馅和滚烫的卤汁,吃的时候要小心,先咬开一点皮子,慢慢地把卤汁嘬干。千万不能张口就咬,那会烫烂舌头的,你知道吗?"小癞子点点头,举起筷子就吃。他起先倒是规规矩矩,吃得很斯文,可是吃完一只以后就放开了手脚,一口一只,两口一嚼就咽进肚子里去了。酒葫芦三杯酒才下肚,四笼汤包已被他儿子吃了两笼。他觉得奇怪:"莫非是冷的?"随手挟起一只,放进嘴里一咬,哇,差点把舌头烫焦。他心头的怒火一下蹿了上来："你这饿鬼投胎的东西，谁抢你啦！"他拎起右手，照准儿子的脸就是一巴掌。

酒葫芦今天并没醉，他这一巴掌出于疼儿子，下手并不重。可他万万没有想到，这一巴掌下去，儿子的头竟像刀砍似地掉到地上，并且还叫了一声："我……饿！"

这件事当然非同小可，首先惊动了茶馆里的老板和顾客，接着惊动了左邻右舍，最后还惊动了官府。经过验尸，才发现小癞子的颈脖上有许许多多蠕动着的蚂蟥。

活人的身体内怎么会有这么多的蚂蟥呢？

有经验的人都知道，蚂蟥是一种软体动物，专爱吸血，其生命力特强，不怕烫，不怕烧，即使碎尸万段，它照样复活再生，只有用盐才能将它腌死。

小癞子由于吃了许多河蚌、螺蛳肉，又不放盐，那些附在河蚌螺蛳肉上的小蚂蟥也就进入他的体内，并且大量繁殖。而颈脖四壁又是血管最集中的地方，所以蚂蟥就大量集中到这里，把肉都蛀空了。这就是一巴掌打下个人头来的原因。

酒葫芦失去了妻子，又失去了儿子，这时他才明白，全是他喝酒的缘故。从此，他滴酒不进，人也变得疯疯癫癫的，老是对天叫道："小癞子，爹害了你，爹对不起你呀！"一边叫一边放声大哭。

（周振亚）

祖孙扛驴

　　有一个老头子,带了一个十二三岁的孙子,牵了一头毛驴,驮了两袋白米,到城里卖。

　　这天,赶集的人特别多,生意特别好,老头子卖了好价钱,兴冲冲地到东门脚一家酒店里喝上两盅。

　　这家酒店挂的招牌是"太白酒家",门上贴的对联是:"开坛美酒风亦醉,上桌佳肴隔楼香。"不用讲,这老头子自然是喝得醉醺醺的才倒出店来。

　　回家路上,老头子对孙子讲:"宝儿,爷爷酒已过量,体力不支,让我骑驴,你走路吧!"

　　祖孙两人一个骑驴一个走路,来到白洋渡。几个过渡人看到了,讲:"大人骑驴,小孩走路,太不公平了!"

老头一听讲得有道理,慌忙跳下毛驴,对孙子讲:"宝儿,你骑驴,爷爷走路吧!"

祖孙两人一个走路一个骑驴,来到百花山。一班过路人看到了,又讲:"老人家走路,小后生骑驴,太不像话了!"

老头一听讲得亦对,就对孙子讲:"宝儿,索性我们两个都骑毛驴赶路吧!"

祖孙两人骑着毛驴来到大路上,对面一群人看到了,讲:"驴虽然是畜生,可两个人骑也太欺负它了!"

老头一听实在难为情,对孙子讲:"宝儿,我们两个都走路吧!"

祖孙两人一个在前面牵,一个在后面赶,一路上,人们都笑他们呆:"这两人真傻,这么健壮的毛驴不骑,反而牵着走路,真傻极了!"

老头一听,可冒火了,气忿忿地对孙子讲:"宝儿,我骑讲我错,你骑讲你错,两个人骑又讲两个人错,牵着毛驴走,更讲我们错,干脆将毛驴用绳子捆起来,我们两个扛着走吧!"

祖孙两人果真找来根竹杠,扛着毛驴赶路。

(项加余　记录整理)

善 恶 有 报

作恶多端，
必害自身。

杀牛的故事

　　有个老汉,名叫金老三,结婚后日盼夜盼,盼了整整十年,直到他四十二岁那年,老婆才给他生了个儿子。谁知儿子出世不久,老婆就因产后大出血离开了人世。从此,金老三又当爹又做娘,一把屎一把尿地将儿子拉扯大。如今儿子十一岁了。长得聪明伶俐、活泼可爱。甭说,儿子是他唯一的希望,是他的精神支柱,当然也是他的宝贝疙瘩,所以起了个名字叫宝根。

　　他的第二件宝贝是什么呢? 就是他家那头老黄牛。

　　这头老黄牛小时候是生产队的,那时不知啥原因,瘦得皮包骨头,别说耕田,连走路都摇摇晃晃的,是头"剥剥没肉、杀杀没血"的废牛。这样一头牛,在落实生产责任制时,当然没人接受,但金老三却以 250 元钱的代价买下了这头瘦牛,又天天用好料喂它,早上喝豆浆,中午吃米饭,晚上还给它灌点黄酒。在他精心料理下,这头浑身长角的废牛,很快长成了一身是肉、毛色发亮的好牛,十几年来,为他拉车、耕地,他能不喜欢吗?

一个宝贝儿子,一头宝贝牛,构成了金老三一年四季主要的生活内容,使他觉得活得非常充实。

但,不幸的事还是发生了。那是一个星期天,金老三因农活很忙,让儿子牵着牛去放牧,儿子高高兴兴地骑上牛背走了。太阳落山了,金老三歇工回家,可是不见儿子也不见牛,心里有点着急,顾不上烧饭就出门去寻找。一直找到天快黑时,才发现老黄牛从大路上回来了,远远望去,好像牛角上还挂着东西,迎上去一看,却原来是他宝贝儿子!更使他意想不到的是,他宝贝儿子满身是血,已经死了。

宝贝儿子究竟怎么死的,当然不得而知,但是人们经过分析判断,认为百分之八十的可能是老黄牛用角戳死的,孩子肚子上那个老大的窟窿就是证明。可是老黄牛为啥要戳死孩子?为啥又将他驮回来?这只有天知道。

宝贝儿子的死,对金老三是个非常沉重的打击,他像被抽去主心骨似地当场瘫倒在地。接连两天,他只是抱头痛哭,不吃也不喝,怎么劝也没用。

第三天早上,金老三亲自扛起儿子的小棺材上了山,把他埋在他母亲的坟旁边,然后哭哭啼啼地回到家里。可他刚到家,就有人跑来说:"三叔,不好了,你家那头牛从牛棚里逃出来,直往邻村跑,我们去赶它,它就像发疯一样,见人就用角来戳,好几个人都受了伤,你快去看看。"

金老三一听,好不恼火!心里骂道:"你这个脸上长毛的畜生,十几年来我待你不薄,可你却忘恩负义,恩将仇报,把我宝贝儿子弄死不算,还要再害人呀,我饶不了你!"他顺手操起一把劈柴斧头就向邻村跑去,他要亲手宰了老黄牛。

说来也怪,老黄牛见金老三来了,却昂起头,两眼愣愣地看着他,站在那里一动也不动。当金老三来到它身边,举起斧头要砍的时候,老黄牛竟然两条腿一弯,"叭"地跪下,随之两行眼泪"刷"地下来了。

一见这情景,金老三惊呆了,心里暗想:你这是干啥?他毕竟和老黄牛朝夕相处了十几年,有感情呀!于是斧头一丢,抱住牛头说:"你呀,你可把我害苦啦!"说完,放声大哭。

最后,老黄牛顺从地被金老三牵着回到了牛棚里。从此,老黄牛躺在牛棚里,不吃也不喝,见到金老三就流泪。这可把金老三弄糊涂了:是生病了,还是想自杀?

这天晚上,金老三做了个梦,梦见宝贝儿子被老黄牛用角戳死的情景,那鲜红的血,那凄惨的喊叫,将金老三惊醒。他想:儿子死了,一切都完了,还要牛干啥?让它饿死,还不如趁早杀了卖肉。自己下不了手,不能请个人来杀吗?

第二天,他托人从邻村请来了一个汉子。此人四十来岁,长得五大三粗。他原是个杀猪的,近几年觉得杀猪不过瘾,学了杀牛。据说他杀牛很有一套,偌大一头牛,不用人帮忙,独自一人,一刀下去就解决问题,就跟杀青蛙差不多。他姓刘,所以人们都叫他"刘一刀"。

刘一刀三口两口喝完酒,要求看看牛。金老三领他来到牛棚里。事情也真奇怪,老黄牛一见刘一刀,竟"呼"地一下站立起来,瞪起一双大眼睛,死死盯着刘一刀,好像知道来者不善似的摆出了一副准备拼命的架势。刘一刀细细一看,问道:"这么一头好牛,你为啥要杀它?"金老三叹了口气,说:"说来话长呀……"他把事情经过长长短短地说了一遍。刘一刀听完,说:"那好吧,你去把牛牵来,我刘一刀这个忙帮定了。"

老黄牛被牵到晒谷场上,金老三用绳索将牛腿捆住,然后拿根木杠一撬,将牛掀倒在地。刘一刀一个箭步上去,按住牛头,操起一把闪亮的刀子。

围观的人很多，大家都屏住呼吸看他这一刀。谁想到刘一刀举刀的那只手却僵住了，而且还在微微地发抖，迟迟没有捅下去。这是怎么回事呀？刘一刀宰过不少猪，也杀过不少牛，一向心狠手辣，今天怎么啦？

原来在他眼里，被按在地上的不是牛，而是人，是一个活生生的人！这杀人的事可是丧尽天良的呀，他怎么下得了刀呢？

刘一刀足足愣了两分钟，最后松手站起来，向金老三拱拱手，说："老三叔，请原谅，这头牛我没法杀。"他说完举起刀子，"嚓嚓"两下，将捆绑牛腿的绳索割断，并拍拍牛屁股，说了声："去吧！"丢下刀子，转身就走。

谁又料到，刘一刀走了还不到五丈路，老黄牛"哞"地一声大叫，像发疯似地冲出人群，朝刘一刀追去。刘一刀见老黄牛朝他冲来，知道大事不妙，撒腿就跑，老黄牛紧追不舍。

人当然跑不过牛，最后，老黄牛将刘一刀逼到绝路上，用它那尖尖的角把他挑倒在地。待人们冲上去赶走老黄牛，救下刘一刀，刘一刀已经奄奄一息了。

金老三见刘一刀全身是血，一把抱住他，说："你、你怎么啦？"刘一刀微微睁开双眼，有气无力地说："老三叔，我不行了，你别怪牛，千万别杀它，我是罪有应得，你那宝贝儿子，是我的摩托车撞死的，我……"他话没说完，头一歪就死去了。

刘一刀的这番话，把所有在场的人全震住了。金老三更是发疯似地跪到老黄牛面前，"叭"地跪了下去："牛啊牛，是我错怪了你，是我冤枉了你，你就原谅我吧！"老黄牛朝金老三看看，然后低下头，伸出它那粗糙的舌头，"嘶啦——嘶啦——"舔着金老三的脸面，舔去他那一串串的泪珠，显得那样温顺，又是那样的宽宏大量。

（朱军清）

狗的故事

　　桃花沟是闻名的"深州大蜜桃"的产地,村子周围全是枝叶葱茏的桃园。每年蜜桃长得碗口大,白灵灵的皮儿,粉红的嘴儿,那蜜桃的甜汁,真是"刀切水汪汪,口咬顺嘴淌",比糖可口,比蜜还甜。

　　看守桃园的是福山老头。他养了一只狼狗,他给它起了个爱称叫做"狗娃子",只要他一喊"狗娃子",这狗就飞快地跑到主人跟前,点头摇尾,亲昵得不得了。

　　这狼狗可灵了,白天,它绕着桃园巡逻,发现了偷桃子的,便猛扑过去,无私无畏地把偷桃人赶走;夜里,它睡在窝棚边的狗窝里,前爪趴在地上,用一只耳朵贴着大地,倾听着大地传来的声波,只要有一点儿动静,它便机警地觉察到,并毫不迟疑地扑上去狂叫猛咬，吓得偷桃者抱头而逃。

福山老头看守桃园，从五十年代看到八十年代。想当年，因为他为人正直，铁面无私，因此大队党支部奖给他一面大红锦旗，上书"铁面无私"四个大字。可如今，福山老汉却把这面大红锦旗挂到了狗窝门上了！

这为啥呢？原来呀，在五十年代，桃园一派和平盛世，既没人凭权势来桃园"明抢"，也没人夜晚来"暗偷"。可如今不对了，桃园不得安宁了，来桃园吃桃子的人整日不断，他们不是打着县委的旗号，就说是乡里派遣来的，还有什么供销、百货商场的头儿脑儿们，他们根子硬，有来头，谁也得罪不起；而那些无权者，白天不来晚上来偷。久而久之，福山老头就既管不了也不敢管了。

福山老头不敢管，可那只狼狗却不管你是头儿脑儿还是小偷，它可是一视同仁，见了摘桃者就龇牙咧嘴，汪汪大叫。

再说桃花沟有个人人见了怕三分的老光棍，人称"糊涂横"，他是村支部书记的叔叔。多年来，他仗着侄子的牌头，在村里横着走，桃园里的桃子，他是随意吃，随意往家拿，没人敢说，没人敢管。

八月金秋，正是蜜桃飘香的成熟期，福山老头知道有那么多"渣渣"难对付，就把狼狗带进桃园。

这天上午，糊涂横背着粪筐来桃园里，二话不说，就往筐里摘桃子。福山老头见是这位尊神，只得躲在一棵桃树后面，眼睁睁地望着他。可那只狼狗却不管你是支书的叔叔还是爷爷，它"呼呼"窜将过去，给糊涂横一个措手不及，将他扑倒在地，不管屁股脑袋，"汪汪汪"乱咬一通，直咬得糊涂横鲜血淋淋，屁滚尿流，惨叫着："咬死人啦！咬死人啦！"丢筐弃桃，逃之夭夭。

福山老头望着连滚带爬逃出桃园的糊涂横，吓得脸色焦黄，连连跺脚："狗呀狗，你可给我惹祸了，你怎么好咬支书他叔呀！"

狼狗赶跑了糊涂横,便跑到福山老头身边,绕着他转,用舌头舔他的脚,像是来请功受赏。福山老头心正烦乱,飞起一脚,把狗踢得嗷嗷直叫,瞪着眼睛委屈地望着福山老头。福山老头见了心疼了,心想:狗有什么错? 不该去责怪狗。便上前抚摸着狗的身子,一把把狗抱在怀里,眼泪禁不住"滴滴嗒嗒"流下来。

到了第二天,出乎福山老头意料的事发生了。糊涂横不但没来找麻烦,反而突然服毒死了。支书的叔叔突然死了,顿时全村震动,很快县公安局派来了侦察员。他们现场侦察,验尸化验,并从现场留下的狗脚印顺藤摸瓜,查到嫌疑犯狼狗,又讯问福山老头,并作了试验,终于弄清了糊涂横的死因。

原来,昨天糊涂横去桃园摘桃不成,反被狗咬伤,狼狈逃回家后,便咬牙切齿,要除掉这只狗。他想呀想呀,想了一个绝法,从馒头篮里拿了一只馒头,在里面裹上了一些味道不太浓的剧毒农药"伏安丹",到了夜里,他悄悄将这馒头投到了桃园窝棚旁边的狗窝里,打算把狗毒死。

谁知这只狗精灵过人,嗅觉灵敏,它闻闻这个突然从天而降的馒头,香喷喷的,真想一口吞进肚里,可再一想,这不明不白的馒头可不能吃。它非但没吃,反而叼了馒头,顺着馒头的来路,闻着投者一路留下的气味,一直来到糊涂横家里。正巧糊涂横家的门虚掩着,它进了门,又顺着气味一直来到糊涂横放馒头的竹篮旁,把这个馒头放到了竹篮里,然后悄悄跑回桃园里,做得真叫人不知、鬼不晓。

糊涂横哪里知道他投毒的馒头当夜就回到竹篮里,第二天吃早饭时,便把这个馒头吃了,很快就中毒死了。

(郭鸿嘉)

贪 馋 懒 怠

病起于懒惰，
祸生于懈怠。

卖耳朵

早先年,有个牛羊成群、金银满库的巴彦,他有一个儿子,名叫乌力吉,长得尖嘴猴腮,吃喝嫖赌,无所不好。

巴彦眼睁着他那万贯家财渐渐被儿子挥霍光了,十分心疼。一天,他实在忍不住了,把乌力吉叫到跟前,指着鼻子骂道:"兔崽子,实指望你继承家财,光宗耀祖,岂不知你成了败家子! 往后再上赌场耍钱,我砸断你的腿!"乌力吉才不怕哩,气汹汹地回嘴说:"老头子,兴你玩就不兴我玩? 你少管我!"巴彦气得说不上话来,喉咙里噎着一口气,"扑通"一声倒在地上就死了。

这一来,乌力吉就没收没管地随意放荡开了,他成天出了赌场就钻窑子,一天不去心痒痒,今天输牛马,明天扔嫖金,一来二去地把全部家当踢蹬光了,最后,只好住在破场院房里混日子。

　　进腊月快到年关了,旁人家淘米宰羊欢天喜地地张罗过年,他倒好,下锅米都连不上溜。老婆原本是豪门小姐,怎忍得这般苦哇,又哭又骂:"你这个穷叮当的,都是你,把家产白白扔进窑姐手里!"乌力吉没招了,便想了个馊主意。

　　第二天,天刚蒙蒙亮,乌力吉就赶早上集。他进了一个剃头铺子,剃头匠让他坐下,操起家什就给他剃头。剃到只剩鬓角那么一点儿时,乌力吉故意咳嗽一声,只听"刷"的一声,他的一只耳朵血淋淋地被削了下来。乌力吉疼得跳出坐椅,嗷嗷直叫,剃头匠吓得脸色苍白,手颤身抖,只好花大价赔他耳朵钱。

　　乌力吉接过铜钱,表面装得生气,心里可乐了。他在集上转了一圈,回转家来,把手里的东西往炕上一扔。老婆打开一看,啊,居然是年货,不由得笑了:"真好哇,你碰上财神爷了?"

　　"哪来的财神爷呀?"乌力吉摘下帽子说,"你瞧瞧,这都是我用一只耳朵换来的!"

　　老婆哭笑不得:"耳朵还这么值钱? 你咋不把那只也割下来卖了呢?"

　　"放狗屁! 卖一只过一个年,那只耳朵还得留着过下一个年呢!"

(刘廷顺　整理)

懒丈夫与懒老婆

有一对懒夫妻,他们成亲二十多年来从没洗过脸,吃完饭连锅也不涮。

这天晚上,他们吃了饭,门也懒得插就上炕睡了。正好,一个小偷这天偷到他家,见门没关,屋里又熄了灯,可乐了。

小偷溜进屋,东摸摸西摸摸,什么也没摸到。懒人家,能富吗?

小偷摸到灶炕旁,心想:什么都不成,就是偷一口锅也好。他想把锅端走,一不小心把锅台上的瓢给碰到地上,惊动了屋里的懒夫妻。

里面问:"谁?"小偷吓得用随身带的刀撬起大锅,端着就跑。

懒丈夫从屋里追出来,眼看就要追上了,小偷急得返身朝懒丈夫的脑袋就是一刀,没想把他的头给劈成了两半。

小偷一看出了人命,吓得扔了锅就跑。

这时,懒老婆也追了上来,一看懒丈夫脸煞白地倒在地上,就呼天抢地地哭了起来。

正哭着,懒丈夫从地上爬了起来。懒老婆大吃一惊:"你没死呀?"

懒丈夫说:"没死,就是头两瓣了。"

懒老婆说:"哪里呀,你的头不是好好地在脖子上吗?比原先白多了。"

懒丈夫一摸,可不是!头好好的,脸也比以前软乎了。再看地上那两瓣,原来是个泥壳。二十多年没洗脸了嘛!

懒丈夫看着一边摔碎的大铁锅,说:"捡了条命,就是可惜了一口大铁锅。"

懒夫妻回到家里,心疼地朝锅台看了一眼,怪事!又黑又亮的大铁锅好好地在那里呢。原来,那小偷撬走的,是他们攒了二十多年的锅底巴。

(杜　博　搜集整理)

两个懒汉打赌

　　有些人老喜欢打赌,他们碰到一块就赌这赌那,一个个气壮如牛,都想显示一下自己的特殊本领,结果可想而知,大多是劳民伤财,有的甚至连命都搭上,给人留下茶余饭后谈笑的资料。

　　这两个懒汉打赌却与众不同,他们一不赌钱,二不赌吃,只是赌气,所以不伤筋、不伤骨、不伤脾胃不出血,确实赌出水平来了。

　　他们的名字,一个叫张三,一个叫李四。

　　这天,张三和李四接连两顿没弄到吃的,肚子都饿得"咕咕"叫,他们来到土地庙一看,只见土地菩萨面前供桌上摆着一碗圆子、一碗豆腐、一碗肉,还有两只汤碗、两双筷子和一壶酒,好像全是为他们准备的。

张三一见,扑上去就要吃,李四拦住他说:"不要急,这分明是有人拿来敬土地的,我们吃了,被人家看见,不挨棍子吗?趁现在没人,我们把酒菜拿到隐蔽的地方,舒舒坦坦坐下来吃。"张三表示同意,于是一个捧菜,一个拿酒捧碗,从边门溜出,来到小溪旁边一棵大樟树下面。

这里确实是个好地方,依山傍水,空气新鲜,而且还有块小小的平地,当中有块石头,正好当桌子。他们把酒、菜、碗、筷放到石头上,然后一边一个盘腿坐定。正要动手吃,李四发现问题了,他说:"等等。"张三问:"干啥?""你不看见吗,碗里都是灰尘,洗洗干净再吃么。""那好,你拿去洗一洗。""哎呀,水就在你脚边,洗一下碗又用不了多少力气,你怎么这样懒呢?""什么?说我懒?好,懒就懒!你勤,你洗碗!"

就这样,君子动口不动手,你推我,我推你,推了半天,还是没人肯动。最后李四出了个主意:"好了好了,我们别争了,还是打个赌,谁输了谁洗。"张三一拍胸脯,说:"打赌就打赌,怕啥?你说吧,怎么个赌法?""我们就这样坐好,开始以后,不准开口,也不准动手,谁先动手或者先开口,谁就得洗碗,好不好?""好!""那就开始!"

话音一落,"刷"一下,两人都坐得端端正正,双手合十,嘴巴紧闭,开始比功夫了。

没过多少时间,从山上下来一个人,穿山袜着草鞋,肩上还扛着杆枪,屁股后面跟着只大黄狗,一看就知道是个打猎的。

猎人来到小溪旁边,放下猎枪,先是洗了个脸,又"咕嘟咕嘟"喝了一阵水,然后坐到一块石头上,摸出烟筒抽起烟来了。

此刻大黄狗没事了,它见大樟树下坐着两个人,一动不动的,觉得奇怪,就"汪汪汪"地叫了几声,这叫火力侦察。它见对方毫无反应,就来到他们身边,先往张三身上闻闻。张三慌了,心想:你闻只管闻,可千万别咬呀!你一咬,我就得叫,我一叫就输了,一输就得洗碗呀!还好,狗没咬他,一抬头,却发现了石头上有吃的东西。心里想:今天跑了不少地方,肚子早就饿了,不知这些东西能不能吃?管它,先吃一口试试,他们打我,我就跑。狗想到这里,瞄准肉碗就是一口。这一口比较结棍,消灭了大半碗。可是奇怪,旁边那两个人既不吭声,也不动弹,狗明白了:这两个根本就不是人,是泥塑木雕的菩萨!

狗这样一想,顿时浑身肌肉放松,放心大胆地吃起来了。两个懒汉你我看看,我朝你望望,还是一动不动,眼睁睁看着狗吃光了肉吃圆子,吃完了圆子吃豆腐,直到把三碗菜吃得精光,又开始舔碗。

张三、李四真是心里痛到肺里,早就想跳起来踢它两脚,可想到要洗碗,还是一动也不动。

猎人抽足了烟,扛起猎枪走了。他走出老远,回头一看,狗还在舔碗,就一声口哨:"嚯——"这口哨就是命令,狗一蹦就跑。谁知它这一蹦,后脚正好踢到酒壶上,酒壶翻在地上,滚出老远。

张三见酒壶倒了,一个箭步冲过去,捡起酒壶,大叫:"啊呀,可惜,可惜!"这下李四乐了,一把抓住张三,说:"这下你没话说了吧,洗碗!洗碗!"张三把酒壶一扔,说:"菜光了,酒倒了,还洗你的鬼碗!"

(吴文昶)

趋 炎 附 势

老爷喜欢多拍马的人，
馋狗喜欢多拉屎的人。

阎王也喜欢拍马屁

　　有一个人，很会拍马屁，见到有钱有势、有利可图的人都要拍，拍得人欢心，为此，他也得到了很多好处。

　　那人死后，阎王晓得这事，打算好好惩治这个马屁精，就叫小鬼去把那人的鬼魂勾来。

　　不一会，小鬼把那个人的鬼魂带来了。

　　阎王升殿，大声骂道："我听说你活着时是个马屁精，是不是？你靠拍马屁得了很多好处，是不是？"

　　那人的鬼魂说："阎王爷您老息怒，听我慢慢说。凡间的人一个个奸诈阴毒，不讲信义，我是迫不得已才投其所好，奉承拍马，如果凡间的人个个像您老人家，清如水，明如镜，那我就不会那样做了。"

阎王听了,心里已有几分中意,心想:说得对呀,凡人若都像我这样明察,哪里还会有人拍马屁? 想着,就叫小鬼放了那人的鬼魂。

那鬼魂走出阎王殿,"扑哧"一声笑开了,说:"原来阎王爷也喜欢拍马屁,看来,拍马屁在什么地方都灵。"

（杨思好 搜集）

十二生肖排位记

　　话说玉皇大帝一日驾坐凌霄宝殿,忽有太上老君出班奏道:"启奏玉帝,近日老臣查阅诸仙档案,只觉年龄特别混乱,大大妨碍提拔安排,为臣颇感头疼,如之奈何?"玉帝忙问:"如何乱法?爱卿仔细奏来。"老君答道:"大约有两种类型:一曰冷冻式。数年不变,始终如一,任你寒来暑往,几度春秋,那年龄总是稳如泰山,雷打不动,直如生根一般。一曰弹簧式。随着形势需要,反复跳跃,极有弹性。你要老成持重的,他就向上浮动;你要年轻力壮的,他就加紧收缩。神出鬼没,变化无穷,令人昏头涨脑,防不胜防,危害可谓大矣。若不依法治之,只恐千里金堤溃于蚁穴,天上人间,均受其害。伏乞明察。"

　　玉帝叹了口气,环顾左右,动问诸仙:"如此不正之风,实属可恶之极,卿等有何高见,严加抑制?"只见太白金星出班奏道:"玉帝莫愁,微臣倒有一个法子,虽不能彻底根治,足可扬汤止沸,一煞尔等气焰,不妨试上一试。"玉帝道:"什么法子?速速奏来。"金星答道:"可将上天下界生灵一一列出,选其能者,定为十二生肖,轮流值日,各司一年,十二年循环一次。任其年龄变化莫测,这生肖属象,一经传扬出去,是极难更改的。若再弄虚作假,雷打龙抓,严惩不贷!"玉帝闻言大喜,连连夸奖:"卿家此言,实属上策,又怎说不能彻底根治呢?"金星苦笑一下,说:"若碰上那些不怕雷打的厚脸皮儿,如何是好?"玉帝说:"这个容易,打入阴曹地府,来生变作牛马,供人役使。好吧,就命卿家速去拟一个名单,报来研究。"金星叩头接旨。刚要下殿,躲在屏风后面的王母娘娘咳嗽一声,递上来一个条子。玉帝看罢,连忙喊道:"金星且慢!"太白金星随即躬身站定,洗耳恭听。玉帝脸皮红了一下,说:"如此大事,本不该横加干扰,实出万般无奈,只求卿家在十二生肖最末处,给我留下一个名额。如何?"金星笑道:"这个容易,何劳陛下吩咐。"说罢,转身下殿,驾起祥云,飘然而去。

金星一路走来,心中暗想:此举事关天宫前途,举足轻重,不可等闲视之,只宜速战速决,早日定案,最怕细打细吹,招来说客盈门,你争我抢,各不相让。自己穷于应付,倒在其次,最终还要落个猪八戒照镜子,里外不是人!所以他连家都没回,躲躲闪闪,尽抄僻静小路,选了一个隐秘所在,草拟名单,推敲人选,不提。

这个消息,犹如爆炸性新闻,在天宫不胫而走。各路神仙也要生儿育女,也有三亲六眷、乡邻故交,纵横关系之微妙复杂,比起凡间有过之而无不及。所以,太白金星一捞到这个差使,霎时身价百倍,人人寻找,个个打听,套近乎,拉关系,想求他关照关照。

却说广寒宫嫦娥仙子,这天正在桂花树下和吴刚闲聊,忽然看见怀里的玉兔三瓣小嘴一撇，抽抽搭搭掉下两行泪来。嫦娥心里诧异，连忙问道："我的小宝贝儿，何故这样伤心？"玉兔答道："那太白金星领了御旨，选取十二生肖，你难道不知道吗？"嫦娥笑道："我岂有不知之理！"玉兔更伤心了，边哭边说："既然知道，您怎么不替俺想想？看看人家各路神仙，一个个忙得不亦乐乎，求亲靠友，请客送礼，只怕错过良机。仙姑至今置若罔闻，按兵不动，为什么不替俺去活动活动，弄上一个指标呢？"嫦娥听罢，"呵呵"又是一笑，拍拍玉兔的脑袋说道："傻东西，到底是长着两个大耳朵，消息满灵通呢。实话给你说吧，那玉帝已经留下一个名额，我又是他的亲外孙女儿，还怕别人夺跑吗？"吴刚听到此处，摇了摇头，插上一句："话虽如此，仙姑不可麻痹。俗话说，长在地里是草，剜到篮里是菜。自羿射九日之后，玉兔兄弟多年伴随，不离左右，总算是老下级、老朋友了，你还是去问问王母，别把它给耽搁了呀！"嫦娥点了点头，当即丢下玉兔，直奔瑶池，打探确实消息。

果然怕处有鬼。嫦娥正在路上，迎面看见赤脚大仙骂骂咧咧走了过来。那大仙一见嫦娥，似乎看透了她的心事，鼻子里哼了一声，冷冷地说："你呀，也靠边站吧！"嫦娥吓了一跳，忙问究竟。大仙没好气地说："你不是也为那一个指标吗？告诉你吧，人家给东海龙王留着呢。老家伙财大气粗，又有海外关系，尽他妈拿些洋玩意儿来进贡。土特产不时兴啦！这不，好不容易托人搞来几斤小磨香油，被你外婆掂起塑料壶，扔到九霄云外去了。扔了就扔了吧，还一蹦老高骂我行贿腐蚀她！装得倒正经！哼，你呀，别说是她的外孙女儿，这才真是亲不亲，财帛分，你趁早死了这条心吧！"赤脚大仙一番话说得嫦娥又羞又气，又有点心中不服。她顾不得和大仙说声"拜拜"，把脚一跺，扭头就走，去找王母说理。

俗话说：吃了人家的嘴软，拿了人家的手软。王母娘娘得了东海龙王那么多好处,何况早已打过招呼,此时正好了却一桩心事,也免得日后渠道堵塞,断了这路财源,她岂肯轻易改口?嫦娥又哭又闹,无济于事,最后火了:"那好吧,从今往后,车行车路,马行马路,咱们谁也别想找谁办事儿,别说是我外婆,休想再拿我的照片挣钱儿!""什么什么?"王母大吃一惊,顿时软了下来。平心而论,嫦娥的确没给她少捞外快,尤其是那张"瑶池出浴"的半裸彩照,下界几家杂志抢着要当封面,价码儿越提越高,争得几乎动武,最后,若非王母娘娘答应定为系列产品,批量拍照,保证供应,还不知闹出什么乱子来呢!所以嫦娥把王牌一亮,王母马上换了一副腔调,心肝宝贝地安慰一番,答应立即去见玉帝,努力争取。

此时太白金星已将名单拟好,呈报玉帝拍板定案。只见那名单上,初定十二属象,依次为龙、虎、马、牛、( )、狗、猪、羊、猴、鸡子、鸭子,老鼠殿后。其中第五名空着是专门给玉帝留着的,待他御笔亲点,这也是金星的精细之处,乐得做个顺水人情,以求整个方案顺利通过。正在这时,王母推门进来,玉帝说:"你来得正好,这留下的一个名额,到底要给哪个?"王母道:"不是已经告诉你了,那是给东海龙王敖广留着的呀!"金星说:"启奏王母,龙君已被老臣列为十二属象之首!"王母挤了挤眼,神秘地说:"咳,还有他老婆呢!"说着,从怀里掏出一张八寸彩照,交给金星过目。金星睁眼一看,不由吓了一跳:"王母,你搞错了吧!这哪里会是龙婆?"王母轻轻一笑:"不错,不错!这是绝对可靠的。你别看这女人已过不惑之年,却满有几分姿色,而且又适应新潮流,讲究线条美的,近日才从海外求来减肥秘方,连连服用,颇见成效,体重以惊人的速度下降。瞧,这体型多苗条!"金星长叹一声:"唉,快五十岁的人了,也难为她下这番功夫。苗条是苗条,不过已是面目全非!瞧它哪里还是龙,分明是一条长虫罢了。"玉帝看看照片:"是啊,它是一条虫!这样吧,指标仍然给它,不过,名单上可不能分什么公龙、母龙的,要千万注意影响。既然大家都认为它是虫,就把'它'、'虫'二字合二为一,叫做'蛇'吧。如何?"金星赞道:"妙极!妙极!还是玉帝有水平!"玉帝说:"就这样定了。待会儿传旨把太上老君、托塔天王他们请来,大伙儿都表个态,公布出去算了。"

王母说:"且慢,我还有话说呢!"她指着名单问道:"老鼠算什么玩意儿,也配入选?"金星两手一摊,为难地说:"那有什么办法?这家伙虽然从来不光明正大,总干些偷偷摸摸的勾当,无奈很有市场,能量不小,若不借此笼络一下,只恐越发不好管理。王母想必记得,当初唐三藏西天取经,路过无底洞,一个金鼻白毛老鼠精,把他们师徒几个玩得焦头烂额,连齐天大圣孙悟空都拿它没有办法。再者,它并非没有长处,嗅觉相当灵敏,昼伏夜出,无孔不入。把它安插进去,正好作一耳目,不怕那些有本领的调皮捣蛋!"玉帝点头称是。王母说:"倒也说得过去。那么鸭子呢?除了哇啦哇啦乱发议论,又有什么长处?"金星不好意思地笑了笑:"当年玉帝一人得道、鸡犬升天之时,偏偏它卧在河边草丛里生蛋,竟被留在人间。挺可怜的,照顾照顾而已!"王母正色说道:"这怎么可以照顾?"一边说着,一边从案上拿起红笔把鸭子给圈掉了。金星道:"王母圈掉鸭子,并不可惜,正好把骡子添上。那家伙耕田拉车很有能力,有不少人推荐呢!"王母连连摇头:"不可不可,它虽然作了些成绩,怎奈目空一切,乱踢乱咬,总爱提点意见。还得等等看,考验一段再说。"玉帝察言观色,已知王母另有打算,忙问:"您说呢?"王母咳嗽两声,拍拍金星的肩膀,说道:"金星啊,办这事得有点长远眼光嘛!岂不闻,人间正在发展旅游,不定哪天便要飞向月宫,我们如果找一个具有观赏价值的动物,补进十二生肖,岂不能吸引更多的游客,从而提高经济效益?我推荐玉兔,怎么样?"玉帝连忙附和:"对对,玉兔就玉兔,没有比它更合适的了。我同意,方案就这样定了吧。"

当下，玉帝就把太上老君、托塔天王一班老臣传来，连夜召开紧急会议，进行专门研究，王母娘娘列席参加。会上，太上老君坚持把牛列为第一，因它造福人类，功绩卓著，有目共睹，名次理应高居榜首。结果获得多数通过。其余名次如下：虎为百兽之王，次之；玉兔为王母特别推荐，后台颇硬，彼此心照不宣，定为第三；同时，老龙一家占了两个指标，屈居第四第五，也该心满意足了；马居第六，顺理成章；羊儿驯服老实，人缘极好，虽无多大本领，却从未犯过错误，位列第七；估计猴子不服，奈其先祖孙悟空曾经大闹天宫，终究不甚可靠，列为第八已经很不错了；鸡可司晨，位列第九；猪狗二者，论其能力，不分伯仲，可惜天蓬元帅曾酒后调戏嫦娥，实属流氓行为，故而列狗之后；老鼠位居十二。大家意见统一，定于次日张榜，晓谕众仙。

事情本来应该结束，偏偏老鼠不服，非要与老牛比试比试不可。老牛不屑一顾，哼了一声："看看你那个头儿，还没我这牛蹄大呢。真不害臊！"老鼠小眼一瞪，冷冷说道："若论个头大小，你倒差远了。要不，我们到街市上让众人评论评论，你敢去吗？"老牛哪肯服软，于是，由太白金星作为中人，立下文约，两人结伙上街。结果，正像传说中的那样，人们纷纷嚷道："嗬，这么大个老鼠！"对于牛，却无人说出个"大"字。老牛输了，只得把第一让给老鼠。后来，它虽然告过几次，但玉帝总说有机会了再研究研究。所以，直到现在，问题还挂着。

（杨清江）

　　芦花镇有位叫尤望升的年轻人,他身材挺拔,脸形四方,剑眉高挑,脸孔上的各个"部件"真是高低适中,黑白分明,就像是造物主精心雕塑出来的一件人类艺术品。可最近,这件"艺术品"得了一种怪病。什么病?驼背病,而且驼的速度之快,简直令人吃惊。据他妻子透露,目前,他的额角与足尖在以每天0.6厘米的速度靠拢,他的背脊已经突起了一个12厘米高的驼峰!如果照此速度下去,身高1.80米的尤望升,只要三百天时间,他的形体将成为一个360°的圆圈。

　　尤望升的妻子叫宋丽丽,是县越剧团的主要旦角,长得如花似玉,人称芦花镇上一朵红玫瑰。想当初,她与尤望升堪称天生一对,地造一双,可如今,她看着自己漂亮的丈夫在渐渐变形、蜷缩、变丑,真是心急如焚,坐卧不安。她拖着丈夫到处求医弄药,可是,从中药到西药,从针灸到膏药,甚至气功、电疗、推拿、激光……结果均无疗效。

一次,宋丽丽拖着尤望升去他的一位老同学处求医,这位老同学原是一位医生,最近被提拔为医院副院长。尤望升见了他,当即就觉得背脊发酸、发麻,如受重压,头一阵阵地低了下去。那位老同学先是一阵劝慰,后来给他配了些药。哪知尤望升看病回来,驼背速度反而加快了50%。

还有一次,一位当了副县长的老同事得知尤望升得了这种怪病,特地从外地搞来几种新药,专程送到他家里。尤望升见了他,又是觉得一阵阵背脊发酸、发麻,如受重压,脑袋直往脚底下勾。那位老同学见状吃了一惊,连忙帮着他揉背脊、捶腰骨。谁知不揉不要紧,一揉吃一惊,只听得尤望升的脊梁骨"咯咯"作响,他那背脊上的驼峰闪电般地增高了3公分。

宋丽丽急啊,愁啊!愁得头发蓬乱,面色枯黄,她一照镜子,自己都吓了一跳:天哪,一个如花似玉的女子,都快变成一个干瘪老太婆了。她禁不住双手捂住脸,"唔唔"地哭了一场。

宋丽丽实在没有办法了,便在报纸上登了一则"求医启事"。不久,来了一位江湖医生,自称会治一切疑难杂症。宋丽丽马上把这位银须白发的江湖医生请到家里,递烟奉茶,待如上宾。老人听完宋丽丽的述说,问她有没有到医院检查过?宋丽丽说:"检查已不下十次,都说一切正常。可任你说得怎样正常,他的背脊就是不正常!"老人捻捻胡子,看了看尤望升的气色,又按了按他的脉搏,对宋丽丽说:"一愁百病起,一喜百病消,要我医此病,得讲究个天时地利。尤望升的天时地利便是要他在精神上舒筋活血。你必须想办法让他开怀大笑,随后再来取我的药。"

宋丽丽对此话虽说有点将信将疑,但如今她是心急乱投医,只得百样办法都试试了。开始琢磨如何使尤望升大笑起来。为了得到这个"笑",宋丽丽这位漂亮绝顶的年轻女子,竟然撂下脸孔,学了许多忸怩作态的小丑动作,当着丈夫的面一一表演,今天学卓别林,明天学唐知县,可是,尤望升任妻子变妖作怪,也不露一丝笑容。宋丽丽万般无奈,只得又去找那位江湖医生。江湖医生摇摇头说:"他不笑,我就无能为力了。天下药店千千万,这只有你自己去想办法采一味笑药了。"

宋丽丽没办法,只得死马当作活马医,又在报纸上登了一则求药启事。不久,尤望升单位的一个小青年出差回来,兴冲冲地找到宋丽丽,说他从外地买回来一味笑药。说着他交给宋丽丽一个纸包,并特别交待,此药封包特别好,必须由吃药者自己剥去药纸,然后吞下,别人千万不可代劳,否则顷刻失效。

宋丽丽捧着纸包,急急忙忙奔回家中,交给尤望升,又如此这般地交待了一番。尤望升慢慢地把第一层纸剥开,里面还有一层纸;剥开第二层,还有第三层;一直剥到了第九层,里面还是一个纸团。尤望升抖抖索索地把纸团展开,里面根本没有什么药丸,但尤望升却在纸团展开的一刹那,奇迹般地跳了起来:"哈哈,我尤望升终于有了这一天!"宋丽丽不知出了什么事,抬头望去,只见尤望升已经完全挺直了背脊,他挥着手里的那张小纸片,笑着,跳着,完全恢复了他那美男子的本来面目。

宋丽丽这时如坠云山雾海,她不知那张纸片为何有如此神力,忙夺过来。一看,只见上面有这样一行字:据可靠消息,尤望升将被提拔为本局局长。

宋丽丽这才恍然大悟:天哪!丈夫原来是因为没有官当,觉得无颜见人,才挺不直腰杆的啊!她顿时如雷击顶,觉得天旋地转,身子一软,竟然瘫了下去。尤望升连忙上前去拉她,可她怎么也没有站起来。这一瞬间,又出了奇事:尤望升的驼背病好了,宋丽丽却得了软骨病,此病如何医治,那是以后的事情了。

(宋　河)

狗眼睛的传说

　　一天中午，乡政府大院里发生了一件怪事：乡长夫人在自来水龙头下洗衣服，洗完后，拿起挂在柱子上的呢大衣穿上，正要走，发现戴在手上的金戒指不见了。这事说大不大，说小也不小，急得她"哇啦哇啦"地大声叫。她这一叫，惊动了所有在家的乡干部和邻近的群众，"呼啦啦"一下来了许多人，有的动口，有的动手，掀石板，掏阴沟，还有的人自作聪明，拿来了吸铁石到处晃荡。可是忙了好一阵，连个金戒指的影子也没有。这一来，把乡长夫人心疼得"呜呜呜"地哭了。可有啥办法呢？除了说一些"譬如生了场病"之类的话以外，谁也没有办法帮她变个金戒指出来。

　　就在这时，从外面走进来一个人，他问清了情况以后，朝乡长夫人看看,问道:"哎,同志,你有几个金戒指?"乡长夫人说:"还几个呢,这一个还是前天借了30元钱添进去才买的呀!我省吃俭用一年多,才买了这么个金戒指,谁知只戴了两天就不见了,我真命苦啊,呜呜呜……"那个人说:"哭啥!你胸口不是有个金戒指吗?"他说完转身走了。

乡长夫人听那个人一说,猛然想起,昨天晚上觉得指头不舒服,就把戒指退下来放进大衣里面的左胸口袋里,怎么忘记了呢?她连忙伸手一摸,果然摸出个亮闪闪的金戒指。她顿时破涕为笑,但却讲了假话:"这倒是怪事,金戒指是戴在指头上的,大衣是挂在柱子上的,这金戒指怎么跑到大衣口袋里去的呢?"大家也愣了,都觉得这事确实很怪,莫非有人开她玩笑?突然,人们想起了刚才那个人,就七嘴八舌地议论开了:

"哎,刚才那个人怎么知道别人大衣口袋里有金戒指呢?"

"对,他为啥讲完就走了呢?我看这里面有问题。"

"我想,他走得并不远,我们快去把这个人找回来,把事情弄个水落石出。"

几个乡干部一商量,立即奔出乡政府大院,四处搜捕那个嫌疑分子。

很快,在大街上找到了那个嫌疑分子,并被"请"进乡政府,进行了严格的审查。据他自己交待,他名叫王阿苟,今年40岁,青峰村的农民。他原来是个瞎子,那是十多年前在农业学大寨工地上,因放炮出事故炸瞎的。因为是因公致残,一直由集体发给生活费,政府也年年有救济。他老婆叫阿香,待他很好,所以十多年来,他是吃穿不愁,过着饭来张口、衣来伸手的生活,倒也无忧无虑。

随着时代的发展,尤其是实行改革开放以来,社会变化很大,许多过去连想都不敢想的事,现在都变成了现实。对这些变化,他听说了,但看不见,因此常常想着有一天能重见光明,让他亲眼看看这五彩缤纷的世界。

　　最近，他有个在外面跑供销的表弟来告诉他，说是省城有一家眼科医院，能让盲人复明，问他要不要去试试，他当然求之不得，就跟他表弟到了省城，进了医院。医生给他动手术换了两颗眼珠子，果然灵光，他的眼睛又亮了。

　　瞎子重见光明，谁不高兴？可对王阿苟来说，高兴之后也有点发愁。因为他知道，眼睛一亮，那旱涝保丰收的生活费没得领了，救济也轮不到了，一切要靠自力更生。虽说他年纪不大，才40岁，可是这十多年来，他是冬天晒太阳，夏天乘风凉，别说锄头柄没捏过，连扫帚柄都没摸过，下田劳动还吃得消吗？今天，他想到乡镇企业里找个轻快点的工作做做，可是跑了好几个厂，人家都不要。刚才路过乡政府，见里面很多人，就跑了进来，一问才知是金戒指不见了。他一看，就见戒指在她大衣袋里，就告诉了她。因为他有事，所以说完就走了。

　　王阿苟把事情经过讲得顺理成章，可大家根本不相信，有的说："这老兄会不会脑子有毛病？"有的取笑他："王阿苟，你倒很会编故事呀！"还有个乡干部拍拍他的肩膀说："这里是乡政府，不是茶馆店，你懂吗？你得老老实实讲真话！"王阿苟哭丧着脸说："同志，我讲的都是真话呀！要是有半句假话，你们枪毙我！不相信你们去问我老婆。我是前天从省城医院里回来的，当时包着纱布，啥也看不见，昨天清早，我把纱布解掉一看，果然看见了。我真高兴呀！急忙从楼上跑到楼下，又奔进厨房。当我抬头朝老婆一看，霎时浑身凉了半截，你们知道为啥？因为我看见老婆穿的衣服是全透明的，就同没穿衣服一样。我一气之下，就给了她两个巴掌。她'哇'的一声哭了。隔壁邻居听到哭声，都赶来了。我一看，原来大家都一样，不论男女老少全穿透明衣服。我想：哎呀，我眼睛瞎了15年，难道现在时兴透明衣服了？我连忙拿起镜子一照，啊！连我自己也是全透明的。我这才恍然大悟,是我这双眼睛的缘故。为这事,我还给老婆下跪讨饶呀。不瞒你们说,我这双眼睛不但能看见衣服里面的东西,连肚子里的东西都看得一清二楚。"他指指站在门边的一个穿得很时髦的女同志说:"喏,她肚子里已经有孩子了。""你说啥?""我说你有孩子了,是个男的。"他这么一说,大家"轰"一声大笑起来,有人说:"你胡说八道,人家还是姑娘!"那姑娘"刷"一下面孔血红,转身哭着跑了。

王阿苟大吃一惊,心想:姑娘怎么肚子里会有孩子的呢? 糟糕,这下又闯了祸了。走走不掉,讲又讲不清,怎么办呢? 他正着急,"噔噔噔"跑来个妇女,气势汹汹,进门二话不说,一把揪住王阿苟的头发,破口大骂:"你这流氓,竟敢说我的女儿肚子里有孩子啦! 你是哪只眼睛看出来的?"说着举手要打。

就在这王阿苟缩着脖子准备挨打的时候,跑进来一个人,一把拉住那个女人的手,说:"有话好好说么,为啥动武呢?"这才救了王阿苟的驾,使他免受皮肉之苦。

这进来的不是别人,正是王阿苟所在的青峰村村长,他对王阿苟的情况当然了如指掌。他问清了事情的前因后果,笑笑说:"其他我不敢作证,他眼睛刚复明,这是事实。至于姑娘肚子里有没有孩子,这好办,请她到医院里检查一下不就清楚了吗?"那妇女一听这话,心里有点发慌,忙说:"我女儿是个姑娘,为啥要去检查? 再过半个月,她就年龄合格,要登记结婚了,到时候检查出来要是没有孩子,我再找你算账!"她借了这个台阶走了,王阿苟趁机逃命似地冲出乡政府大门,回去了。

王阿苟回到家里,越想越懊恼,眼睛瞎的时候,天天想复明;如今眼睛亮了一天半,可是碰来碰去都是晦气的事,而且件件事情都是眼睛造成的,早知这样,还不是瞎子安逸吗? 他想到这里,就找出那块纱布,重新将眼睛包上,钻进被窝就睡。

王阿苟在家里睡觉,哪里知道,外面已经传得沸沸扬扬。车

站码头、茶馆酒店、街头巷尾,甚至连公共厕所里,都在议论王阿苟的那双眼睛:

"哎,你们知道吗?王阿苟那双眼睛为啥那么厉害?听说他换了两颗狗眼珠子。"

"噢——难怪,狗眼睛当然厉害喽,听说同爱克斯光差不多,能看透五脏六腑!"

"哪里,哪里,狗眼睛比爱克斯光厉害多啦,能一眼分出你是好人还是坏人,绝对不会错!据专家研究,在狗的家族史上,只弄错过一次,那就是轰动一时的'狗咬吕洞宾',可事后一查,事出有因,那只狗得了狂犬病。"

"是呀是呀,听我外婆说,狗连鬼都看得见,看人当然更便当了。"

"不知换狗眼珠要多少钱?要是不很贵的话,我宁愿把摩托车卖掉,也去换一颗,这人的眼睛实在太落后,应该淘汰了。"

就这样,越传越神,越传越广。

这一传可传出名堂来了:养鱼专业户想请他看管鱼塘;好几个乡办企业要他看大门;村委打算提拔他当治保主任;医院准备聘用他到放射科取代爱克斯光,有两大好处:一不受停电影响,二没副作用。还有电影院想请他管场子;汽车站想用他检查乘客是否夹带危险品;甚至连扒儿手、赌博鬼都在动他的脑筋,想拉他合伙,一个用眼,一个用手,分工合作,弄个万元户当当很容易。

这一来,王阿苟却为难了。当然,他知道歪门邪道不能走,可是阳关大道好多条,走哪条路好呢?管鱼塘吧,晚上没觉睡吃不消;当治保主任么,自己政策水平太低;到医院去吧,技术性太强,弄不好人命关天,责任太重……

正在他拿不定主意的时候,来了个人,进门问道:"同志,你是阿苟叔吗?"王阿苟抬头一看,是个三十多岁的妇女,就说:"你找我有事?""我想请你帮个忙,给我看看肚子里是男的还是女的?"一听看大肚子,阿苟马上想到在乡政府里被人拔掉一大把头发,还差点吃巴掌的事,连忙说:"不,不,我……""阿苟叔,你做做好事,一定给我看看,我不会忘记你的。"

原来这妇女结婚15年了,开始肚子一直不肯大起来,直到她三十二岁那年才怀了孕,一家人都很高兴,不论婆婆还是丈夫,也不管姑姑还是小叔,都对她照顾周到,关怀备至。可是她肚子不争气,生了个女的,这下糟了,全家人的脸一下都拉得长长的,一个个斜着眼睛看她。从此,婆婆常常骂她,丈夫有时还打她。就这样熬了5年,现在她又怀孕4个月了,一家人的脸又从长的变成了圆的,而且常看到笑脸。那天,婆婆炖了只鸡给她吃,但有言在先,一定要她生个男的。丈夫多次对她说:"这次要是生儿子,我就把你当娘娘,要是再生个女儿,那……"后面是省略号,叫她自己去思考。你想想,做女人有多难呀!她今后的命运就像押宝一样全押在这肚子上了,而这肚子里的玩意儿又不以人的意志为转移的。她怎么能不着急呢?今天,她听说王阿苟的眼睛能看出肚子里的孩子是男是女,所以就急忙赶来求他了。

听了她的叙述,王阿苟动了恻隐之心,说道:"好,你站起来,我给你看看。"说完眯起双眼细细看了半天,最后摇摇头说:"唉,不瞒你说,还是个女的。女的就女的吧,世界上也不能没有女的。如果一个女的没有,那男的也没有地方来了。是不是?"妇女想想没有别的办法,只有处理掉,于是,牙一咬进了医院。事实证明,确是女的,她当然感激,第二天就托人给王阿苟送礼来了,非让王阿苟收下不可。

这事情又成了爆炸性的新闻,在全乡传开了,很快就传到了乡长的耳朵里。他一个电话,把王阿苟召到了乡政府。

乡长问道:"王阿苟,听说你在给人看大肚子,是真的吗?"王阿苟大吃一惊,心想:糟糕,又撞在枪口上了。连忙说:"乡长,我实事求是交待,就看过一个。那是人家找上门来硬要我看,我才看的呀!我向你保证,今后天王老子叫我看,我也不看了。"

其实,王阿苟完全误解了乡长的用意,乡长并不是要批评王阿苟,而是打算重用他。

乡长姓屈,三十五六岁年纪,是个工作能力很强,而且很有心计的人。他的最大缺点是工作不够踏实,而又好大喜功。前几天,他在县里开会,因计划生育工作没搞好,被县长在大会上"刮了顿鼻子",心里很不高兴。回来后,听说王阿苟的眼睛有特异功能,他灵机一动,决定发挥他的作用,创造点奇迹出来,给县长开开眼界。因此就把王阿苟找来了。

屈乡长听王阿苟这么一说,就将他拉到自己房间里,门一关,问道:"你真能看出人家肚子里是男还是女?"

王阿苟点点头说:"4个月以上,我就看得出。"

"听说很多单位请你去?"

"是的。"

"不要去,还是听我的,先当一段时间的看大肚子专业户,以后聘用你到乡政府当干部。"

"不行,不行!"王阿苟连连摇手,"昨天那个妇女,听我说肚子里是女的,就去打掉了。要是女孩都打掉,男的都留着,20年以后全是小伙子,一个姑娘没有,他们找不到对象,不找我算账呀?"

乡长笑了:"你这个王阿苟,真是聪明一世,糊涂一时,连这么个办法都想不出来。现在重男轻女思想很严重,成了计划生育的严重阻力,我们来个顺水推舟变阻力为动力。办法很简单:你以后给人看大肚子,不管是男的还是女的,你都说是女的,这不就男女平等了吗?"

"哎呀乡长,这不是说假话欺骗人吗?"

"我说你呀！真是眼睛尖,脑子笨,什么假话真话的,世界上的事情本来就是真真假假、假假真真、真中有假、假中有真的嘛!"

"万一西洋镜戳穿,我不让人家打死吗?"

"你放心吧,这事情你知我知,天知地知,医院里我去打招呼,绝对保险,万无一失。当然,为了把事情办得更加牢靠,也要订几条纪律:第一,这事除了你我知道,不能告诉第三个人,对自己老婆也必须守口如瓶;第二,不管是亲戚朋友,还是干部家属,任何人都不能卖子;第三,绝对不能说是乡政府叫你做的,因为人们一知道是官办的,就会产生戒备心理,你就没有生意了。你一定要收费,看一看15元,1天看10个,就是150元,1个月下来就是4500元,你的日子就好过喽!"

"好,我听你乡长的,试试看吧。"

就这样,秘密谈判圆满成功,达成了协议。

第二天,王阿苟果然当起了全世界第一个看大肚子专业户来了。他走村串户,上门服务,受到了大肚子们的热烈欢迎。几天下来,形势大好,医院妇产科的医生护士都忙起来了。屈乡长心里当然高兴,并且开始酝酿写出个有分量的总结报告,到时候来它个一鸣惊人。

时间又过去了一个星期。这天上午,王阿苟来到一个大村子,刚叫了声:"看大肚子喽!"就被一个人叫住,领进了一幢小洋房里。王阿苟刚坐下,只见楼梯上下来一个女人,边走边说:"阿苟,我今天又要麻烦你啦!"王阿苟仔细一看,原来就是那天找金戒指的乡长夫人,忙说:"怎么,你的金戒指又不见啦?"乡长夫人说:"不,今天不要你找戒指,想请你看看我的肚子。"王阿苟这才发现乡长夫人的肚子确实有些挺了。但他不明白:难道乡长也重男轻女? 其实,他不了解,乡长两夫妻倒不是重男轻女,而是为了钱。

原来屈乡长有三兄弟,他大哥15年前结了婚,3年时间生了4个,全是女的。二哥讨了个老婆,肚子就是大不起来,后来一检查,说是"机器零件有毛病",而且修不好,只好熄火。屈乡长最小,结婚不久,夫人就怀了孕,乡长夫人当然很高兴,心想:这下看我的,生个刮刮叫的儿子给你们瞧瞧!谁知道生出来一看,是个女的。这一来,可就急坏了屈乡长的父亲。屈老头心想:要是没有个孙子,屈家不就断了香火、绝了后啦?他左思右想,想到了一句话:"重赏之下必有勇夫"。于是立即召开家庭紧急会议。他说:"儿子媳妇同志们,今天开个会,主要是研究一下我们屈家后继有人的问题。我和你们妈妈是对得起祖宗的,生了你们3个儿子,可你们为啥不给我生个孙子呢?告诉你们,我银行里还有一笔存款,原来想三一三十一分给你们兄弟3人,现在看来不行,不能搞平均主义!我决定拿这笔钱作奖金,谁给我生个孙子,就把这笔钱奖给谁!"

钱这东西,确实很有吸引力,可3个儿子3个媳妇全都愣了,因为这三对人,其中一对缺乏主观条件,想得也得不到,还有两对客观条件不允许,也不敢冒这个风险。

事有凑巧,3个月后,乡长的女儿得脑膜炎死掉了,他们虽然伤心,但客观上却给他们创造了得天独厚的得奖条件,就看他们主观努力了。

时隔不久,乡长夫人果然怀了孕。这对乡长夫妻来说,既高兴,又担忧。高兴的是拿存款有希望了,担心的是怕又生个女儿。现在乡长夫人算算自己怀孕的时间已超过4个月了,所以把王阿苟请来看一看,究竟自己怀的是男还是女。

乡长夫人要看,当然义不容辞,而且免费服务。王阿苟叫乡长夫人站好后,眯起眼睛一看,却愣着不动了。乡长夫人问道:"看出来了吗?"王阿苟说:"不要慌,让我看看仔细。"

其实,他早已看清,是个男孩。但他想到了乡长制定的3条纪律,他为难了:究竟是讲真话还是讲假话呢? 一时决定不下。最后想到:会不会是乡长特地来考验考验我哟? 想到这里,他两眼一闭,说道:"是个女的。""不会看错?""绝对不错。"乡长夫人一听说是女的,立即赶往乡政府,找丈夫商量,可偏偏屈乡长外出参观,要一个星期之后才回来。她思想斗争了一个晚上,终于决定:为了拿到屈老头的这笔存款,趁早弄掉,重新来过! 第二天一早,她进了医院,引产后,医生根据屈乡长的嘱咐,当然也说是女的。

五天后,乡长回来了,得知这一情况,就直奔医院。当医生告诉他是个儿子后,他气疯了,回到家里就给了老婆两个巴掌:"你这个没有头脑的东西,到手的存款,给你弄跑啦!"乡长夫人一听,知道上当受骗,那还了得! 她披头散发地跑去找王阿苟算账。在街上,她一见王阿苟,就不顾一切地扑到他面前,又是哭又是闹,张口就骂:"你这没有心肝的狗! 我跟你无冤无仇,你为啥要害我? 你、你得赔我钱呀!"

乡长夫人这一闹,可把忠厚老实的王阿苟也逼出气来了。心想:你们夫妻俩倒好,一个教我讲假话,一个找我拚命,这不是逼我上吊吗? 狗急了也会咬人,何况我还是人呢! 他一气之下,把乡长如何要他看大肚子,如何教他说假话,如何约法三章,原原本本,一二三四,来了个竹筒倒豆子,全都倒了出来。

他这一倒还了得,消息一传十,十传百,不到三个小时传遍了全乡36个自然村。所有被王阿苟看过大肚子而进医院的妇女们,都认为自己弄掉的是男孩,这一下可就热闹了。

屈乡长知道事情闹大了,把王阿苟找来好一顿训,要他立即到外面去避避风,而且从今以后装哑巴。王阿苟再也不愿听乡长的话了,急急忙忙回家。可是到家一看,家里挤满了人,有的哭,有的骂,还有个老太太竟晕倒在堂前,正在抢救。大家见王阿苟来了,几十双眼睛都死死地盯着他。王阿苟低下了头,半句话也说不出来。他老婆阿香走到他面前，说道："阿苟呀阿苟，你没忘吧，你眼睛瞎了15年，乡亲们尊重你，照顾你，如今眼睛亮了，你却用你这双狗眼去骗人呀！好，要么你走，要么我走，我宁愿要眼睛瞎的人，也不要你这样眼睛亮的狗！"

王阿苟像木桩一样钉在门口，一动不动地愣了好长时间，最后说了句："我对不起大家！"又深深地鞠了个躬后，转身跑掉了。

他到哪里去了呢？谁也不知道。

过了7天，传来两个消息：一个是屈乡长已停职检查，到县里交待问题去了；另一个就是王阿苟有下落了，他那天来到省城那家眼科医院，哭着要医生给他把眼珠子拿掉，他宁愿做瞎子。医生问清了情况后，长长地叹了口气，想了半天，最后还是介绍他到一个新成立的单位——"反假话办公室"工作去了。

（吴文昶）

以 假 乱 真

纸包不住火，
油掺不得水。

买卖脸儿

世界上的买卖，可以说多得不计其数。什么买田卖地、买枪卖炮，甚至卖爹卖娘、卖儿卖女、卖国卖情报的都有。可是，你听说过卖面孔的奇事吗？

这事发生在茅草镇。

茅草镇很小，地图上找不到，地球上却存在。这一年，镇上举行物资交流会，热闹极了。四乡八里的男女老少全往这里涌，大街小巷到处都见地摊，三教九流，光怪陆离，全都占着一块地盘，有的敲小锣，有的擎大旗，有的手舞足蹈，有的声嘶力竭……

中午时分，大街上突然升起一面杏黄旗，上书两行大字："出售最新产品，专卖各种面孔。"这简直像炸响了一颗原子弹，把茅草镇的角角落落都炸了个七荤八素。男女老少，谁人不奇？上至百岁老翁,下至七八岁的娃娃,全都怔得目瞪口呆。都说:"面孔,人的脸儿呀,也有卖的? 奇了,怪了!"于是,人们全向杏黄旗下涌去。

广场上一下子人山人海,挤得水泄不通。只见广场的中心,摆着一张桌子,一会儿,桌子上跳上一位五大三粗的胖子,他敲着小锣,扯起嗓门,对大家说:"同志们,朋友们,兄弟姐妹们:人生在世,路途艰难,如要处处讨人喜欢,事事遂你心愿,光靠爹妈给你的一张面孔是断然不够的。且不说你的面孔长得如何,单说你的上下左右、身前脑后,有上司,有同事,有下属,有亲朋好友,还有宿敌仇人……千人千条心,难道你能用一张面孔去对付一切人吗? 倘若如此,定然处处碰壁,事事难成。本公司急人所急,经过千百次试验,终于成功地制造出种种面孔。有让人一看觉得恭敬、谦逊的,有让人一看感到老练、精明的,有满面堆笑、讨人喜欢的,有一脸忧愁、叫人同情的……总之,或喜或怒,或哀或愁,千姿百态,要有尽有。它使用方便,随人而变,需要时,只须往脑袋上一套,便与你的音容笑貌融为一体,谁也分不清真假。如果你能备下本公司制造的各种面孔,区别对象,交替使用,保管你春风得意,官运亨通,处处讨人喜欢。本公司制造的面孔采取传统工艺,质量可靠,价格合理,实行三包……"

胖子说到这里,广场上一下子沸腾了,数千双眼睛瞪得滚圆,有的莫名其妙,有的将信将疑。胖子见状,马上拿出几张面孔,依次套在自己脸上。众人一看,果然千姿百态,活灵活现。这使得有些人蠢蠢欲动了,其中有一位,激动得双脚一弹,跳起三尺高,高声喊道:"我要,我要,这面孔我要买!"

此人姓杨,叫杨华。他是吃不愁、用不愁,就愁爹妈给他生的这张面孔不争气。你看看,这面孔圆鼓鼓、胖墩墩,雪白粉嫩,像个面团,五官过于集中,眉毛细而淡,眼睛圆而小,鼻梁低而短,嘴唇扁而平,三十多岁年纪了,连胡子也不长一根,是张实实在在、明白无误的娃娃脸。由于嘴角、眼角、眉梢统统倒挂,所以还不是个笑娃娃,而是个哭娃娃!这样,熟悉他的人没一个叫他名字的,统统舌头一拐弯,异口同声地喊他"洋娃娃"!

杨华长了这张脸,还不吃足苦头?这几年,像他这样的年纪,应该说是千金难买的。人都说,如今是"十岁白相,二十岁幻想,三十岁吃香,四十岁少想,五十岁识相"的岁月,杨华年方三十五,正当"吃香"之年,他的同学,他的朋友,一个个都飞黄腾达了,独有他还是原地踏步。为什么?吃亏就在他那张娃娃脸上。听说有人曾推荐过他,有关领导也研究过他,结果呢?一接触到他这张面孔,就都摇头叹气了。这个说:"看看他那张面孔,还稚气未脱,幼稚啊!"那个说:"不错,是还不成熟呢!"就是在家里,碍着他这张面孔,也树不起半点权威。他那六岁的儿子,动不动就在他头上摸摸,肩上拍拍,有时候,他想发点脾气,可他那张面孔越发脾气越像娃娃,他儿子见了,不是害怕,而是又笑又叫:"妈妈,快来看吧,爸爸要哭啰!"弄得他无地自容,恨不得解下裤带来上吊。

为了这张娃娃脸,杨华几次把自己关在房间里,对着镜子训练,想改变自己的尊容,但毫无效果。人都说"笑比哭好",可他那张面孔,笑起来比哭还难看。于是,他就对着镜子狠狠地打自己的巴掌,骂道:"生了你这张鬼面孔,我这辈子算是完了,完了!"他的爹妈来看他,他把他们拒之门外,饭也不给他们吃,夜也不给他们宿。爹娘骂他是触气儿子,他骂爹娘是触气爹娘,理由是,为什么给他生了这么一张晦气的娃娃脸?

现在,茅草镇来了这卖面孔的,杨华怎么能不激动、不欢喜若狂呢?原以为自己这一生已是"山重水复疑无路"了,谁知今天却"柳暗花明又一村"!他一下挤到胖子面前,取出准备买彩电的一叠人民币,"啪"一下扔给胖子,当下就买了四张面孔。一张显得老成威严,一张显得谦逊亲切,一张显得毕恭毕敬,一张显得精明能干。他捧着这些面孔,仿佛捧着一顶乌纱,一颗金印,激动得如痴如狂。为了充分表达自己内心的兴奋,他破天荒地屁股一扭,在大街上发疯似的跳起了不伦不类的迪斯科。

杨华为了检验一下这些面孔的实际效果,当即戴上显得老成、威严的那一张,兴冲冲地回家了。

杨华未进门,先是一声咳嗽。这声咳嗽,不是为了清理喉咙,而是先打个招呼。他妻子闻声出门,情况果真大变。往日杨华回家,他妻子就像将军发命令似的:"杨华,洗菜!""杨华,买盐!""杨华,盛饭!""杨华,泡茶!"……杨华只能俯首帖耳,一声一个"是"字。可今天,妻子见了他,眼光足足在他脸上停了一分钟,随后双脚立定,像个日本女人那样弯下腰来,轻言细语地说道:"里面请。"随后忙着端凳送茶,端水敬烟,殷勤得不能再殷勤了。他儿子回家见了他,更是毕恭毕敬地向他鞠了三个躬,然后抖抖索索地说:"尊敬的爸爸,你好!"

杨华有生以来第一次在妻子和儿子面前尝到了做人的滋味,深深感到面孔的神奇力量。这立竿见影的效果,使他对自己的前途充满了信心。从此后,他根据不同的时间、地点、对象,揣摸着各人的心思,交替使用着那四张面孔。结果,大家对他的看法一下子变了,领导说他"老练多了,成熟多了,谦逊多了",同事说他"亲切多了,能干多了,精明多了"。接下去,他平步青云,喜讯频传:先当组长,后当科长,两年一过,竟登上了副局长的宝座。最近,听说上级有关部门还要提拔他,但是意见还不统一,原因是其中有一位领导有不同看法,说杨华对上级领导还不够尊重,态度也不很认真,要再看一看再讲。

众人一定要问:杨华不是有着各种面孔吗?怎会给这位领导造成这种印象的?这事只有杨华自己明白,毛病偏偏出在面孔上。那天,这位领导到杨华他们局来检查工作,杨华一时心急,戴错了面孔,竟把那张只能在同事面前使用的嘻嘻哈哈的面孔戴上了,这就给这位领导留下了"对上级领导不尊重、态度不认真"的印象。这从反面证明了:一个人合适地使用面孔是何等的重要!

杨华对此并不气馁,他占有四张面孔的财富,坚信一定能挽回影响,官运亨通的。正是事有凑巧,机会来了!这一天,那位领导要到他们局来传达文件,杨华欢喜若狂,决定抓住这个机会,表现一下自己。他戴上了那张显得毕恭毕敬的面孔,对那位领导点头哈腰,大献殷勤。会议开始,他坐到了第一排当中的位置上,取出钢笔,翻开日记本,准备一字不漏地记下这位领导传达的文件,扭转这位领导对自己的看法。

然而,杨华万万没有想到的是,在这天的会议上,这位领导传达的是这样一个文件:

关于收缴面孔的通告

经科学化验,证实几年前胖商人在茅草镇出售的面孔含有毒素,它会严重污染周围空气,毒害人的肌体。现决定予以收缴。自通告发布之日起,凡持有这种面孔者,必须在三天内将其交到本镇"面孔收缴处"。逾期不交者,按窝藏毒品论处……

这通告,简直像给杨华当头一棒,他呆了似的,翻开的日记本上没有记下一个字,最后,竟然"啊"地大叫一声,两眼翻白,拳头捏紧,当场昏倒了。众人大惊,忙围上来问长问短。杨华迷迷糊糊地喊道:"面孔,面孔,我的面孔……"那位领导很有水平,当即知道了其中的奥妙,马上顺水推舟地交待了政策,说:"请大家不必顾虑,至于那些买了这种'面孔'的同志,全属受骗上当。只要按时上交,我们概不追查责任……"

会议结束后,杨华再也顾不得向这位领导献殷勤了,他第一个走出会场，来到大街上。大街上已经贴满了关于收缴"面孔"的通告，几年前胖商人卖"面孔"的广场上，已经挂出了"面孔收缴处"的横幅。杨华头痛欲裂，连连叫苦，心想：一切全完了，要是这四张面孔收了回去，再露出自己这张娃娃脸的"庐山真面目"，别说前程断送，而且会前功尽弃。可窝藏不交，他又没有这个胆量。回到家中，他瘫倒在沙发上，急成了热锅上的蚂蚁，妻子问他他不响，儿子叫他他不应，只顾自己一支接一支地抽烟，整整一天一夜没吃一口饭。

杨华思来想去，总算想出一个妙计来。他想：前程的事不必考虑了，但眼前的地位必须千方百计地保住，为此，应该留下一张能做现任领导的面孔，这张面孔要在群众面前有威势。杨华把那四张"面孔"提到桌上，左挑右拣，留下了那张居高临下、威风凛凛的面孔，把它戴到脸上，然后换下了自己那张娃娃脸，把它同其他三张面孔包在一起。他想：这样虽然三真一假，然而数字对头，或许能蒙混过关吧。

次日一早，杨华捧着四张"面孔"，提心吊胆地来到了"面孔收缴处"。那位传达文件的领导恰恰是"面孔收缴处"的负责人，他今天在现场督阵。他见杨华走来，马上盯住了他的面孔。杨华这张威风凛凛的面孔使他大为不满。他心想：这家伙，在我面前还如此傲气，是不是昏了头啦？他马上沉下面孔，翻开账簿，问："杨华，你是不是买了四张？"杨华点头说是。本来这时候，他应该有个悔恨交加的表情，可他戴着那居高临下的面孔，决定了他说话的口气也必然是居高临下的，一个"是"字，竟也说得昂首挺胸，趾高气扬。这使得那位领导更为恼火，他接过杨华的四张面孔，仔仔细细、认认真真地看了又看，摸了又摸，接着又叫出两位检验员，让他们反复辨一下真伪。两位检验员左看右瞧，敲敲打打，一下子把那张娃娃脸剔出来了。那位领导说："杨华同志，别想蒙混过关了，这张面孔不是当年胖商人卖的，你去仔细核对核对吧。"杨华早已吓得头皮发麻、双腿发软了,不待那位领导讲完,连忙把那四张面孔一包,逃命似地跑了。

杨华回到家里,如患重病,倒在床上,简直爬不起来了。但他仍然不死心。因为他实在吃够了那张"娃娃脸"的苦头,这张爹妈给的面孔他说什么也不能要了。他又是绞尽脑汁,左思右想,后来摇摇晃晃地爬了起来,对着镜子依次摆弄着那些"面孔"。一摆二摆,倒使他心头一亮,豁然开朗:"嘿嘿,面孔,面孔,应该时时运用面孔!"想到这里,他马上戴好了那张带着微笑、毕恭毕敬的面孔,仍把那张娃娃脸与其他三张面孔包在一起,兴冲冲地又往"面孔收缴处"而去。

这一回,杨华戴的这张带着微笑、毕恭毕敬的面孔总算立竿见影生效了,那位领导一见这张面孔骨头就轻了一半。他笑脸相迎,把那四张面孔稍稍一看,就毫不犹豫地收下了。杨华不由得一阵欣喜,简直想喊一声"面孔万岁"。

三天后,茅草镇收缴面孔的工作胜利结束。当年胖商人出售的三百八十张面孔,收缴得一张不少,数量是对头的,至于真伪如何,这就难说了。因为我们知道杨华确是用自己的真面孔换下了一张假面孔。这样做的恐怕不止他一个人。由此可见,今后我们看到的不一定全是真面孔。这可得引起我们的注意啊!

(赵和松)

　　刚进初夏,青灵县商业局爆出一条特大新闻:办公室工作人员尤进宝放着太平饭不吃,却异想天开地提出留职停薪,要搞个体专业,发一笔大财。

　　说起尤进宝,在机关里也算得上是个头上一拍、脚底打转的人,他头子活络,能说会道,虽说已过了不惑之年,可看他那浑身劲儿,还真不亚于二十多岁的大小伙子。所以消息一传开,大家都特别关心。

　　申请报告转到办公室王主任手里,他颠过来倒过去看了半天,也没看明白尤进宝到底想搞哪门子个体专业。当下,王主任把尤进宝叫到办公室,说:"我说尤进宝,你也是个拎得清的人,杀猪宰羊,总得见点血吧,你这报告写得躲头藏脚的,是想贩卖原子弹呀?"尤进宝悄悄地凑到王主任耳边,说:"嘻嘻,我这门个体行当不好说,一说就没戏唱了,你就无论如何帮帮忙吧。"王主任推开他,瞪他一眼道:"鬼头鬼脑干啥?来去不明的要求,我们不能批!""哎,哎,"尤进宝赶紧掏烟点火,"王主任,时间就是金钱,你可别绝我的财路啊!"王主任一挥手,将香烟扔出老远:"别来这一套,你当是住客店,想来就来,想去就去?"尤进宝一看对方关了门,不由得沉下脸来:"不批?那好,我自有办法。看着吧,到了年底,你准得来求我帮忙!"

第二天,尤进宝不知从哪里搞来一张长病假单,朝王主任手里一塞,鞋底抹油——走了。有些人既出于好奇,也出于好心,在门口堵住他,连问带劝,叫他别去冒险。尤进宝呢,双手捂住胸口,"哼哼哈哈"地说:"哎哟,谁愿走那独木桥?我犯心脏病,医生让我静卧休养呐。"果然,尤进宝铺盖一卷,回乡下去了。

一进家门,尤进宝就将窗户用黑绒布堵得严严实实,门口还贴了张红纸头:"家有传染病人,概不接待来客。"这是搞的什么名堂?四方邻居立刻瞪圆了眼睛。

别看尤进宝大门不出,二门不迈,可就在上星期深夜,有人亲眼看到满满一卡车铁丝做的笼子,卸在他家后门。乖乖,尤进宝紧跟潮流,搞家庭副业呐。不过让人不解的是:说他要养兔子吧,不见他朝家里运青草;说他想种蘑菇吧,弄这大铁笼子来干啥?谁也摸不清他的底。

时间过得飞快,转眼到了年底。这一天,王主任收到县委办公室发来的紧急文件,要商业局限时限刻上交灭鼠战利品,他不由得叫苦连天。原来,县里为了贯彻市爱国卫生条例,曾在年初分给商业局一个指标,要他们一年上交一千根老鼠尾巴。可是青灵县是闻名全国的卫生先进县,这几年上下动员,人人动手,不要说老鼠,就是老鼠毛都被扫得干干净净,所以局里要完成这个任务,简直比登天还难啊!

王主任要紧向县里打电话。县里抓卫生的领导一听急了："老王，不行啊，报社记者文章都写好了，要完不成任务，市卫生部门来验收，不是要出我洋相？"王主任憋着一肚子火，忿忿说道："哪有这样的道理，越是卫生先进，越要多抓老鼠，眼下老鼠都抓尽了，总不能让我生几窝出来吧。""好啦，好啦，别发牢骚了，我也是有苦说不出，这是市里下达的铁任务，帮帮忙吧，这关系到全县的荣誉啊。"

放下电话，王主任心里窝火，坐在那里一支接一支地抽闷烟，想了七七四十九个办法，倒让他想出了一个高招，那就是实行如今最时髦的做法——个人承包。按人头摊下去，每人上交两根老鼠尾巴；如果完不成任务，年终敲奖金。王主任主意打定，忙让秘书起草了一个通知，贴在办公大楼最醒目的地方。

通知一贴出，整个机关顿时闹成一锅粥。王主任也觉理亏，但官大一级压死人，上面布置下来，只能朝下面推。他哭丧着脸对大家说："别吵了，别吵了，敲奖金不过是个人受点损失，可完不成指标，我们集体荣誉要受影响。各位帮帮忙吧，大家投亲靠友，自找门路，我就不信，活人还能让尿给憋死？"谁知话还没讲完，他爱人打来电话："喂，老王吗？你快帮帮我忙，我们领导要我交两根老鼠尾巴，不然明年职工疗养就不让去了。"王主任一听，火气更大了："真是乱弹琴，捉老鼠和疗养有什么关系？不让去就别去，这辈子还怕没地方去疗养？"

一天下来，王主任被弄得唇干舌焦，头昏脑涨。回到家，屁股还没坐稳，他的宝贝儿子林林嘟着嘴进来了："爸爸，你快帮帮忙。""去去去，大人都累得趴下来了，你还七缠八缠烦我。""哇……"林林放声大哭。王主任见宝贝儿子哭了，忙从沙发上一跃而起："怎么啦？怎么啦？""爸爸，学校老师让我们每个同学抓两只老鼠，说是搞爱国卫生。放学后，我和同学们去公园找了半天，连个老鼠洞都没见到。爸爸，老师说了，完不成指标，就是不爱护集体荣誉,就不能评三好学生。"

王主任自己两根老鼠尾巴还在半空悬着,现在妻子、儿子又要他帮忙,想想真是又气又愁。他妈的,早知消灭了老鼠还有那么多难处,不如当初多睡几个安稳觉,这灭的是哪门子鼠呀! 不过生气归生气,一想到宝贝儿子林林,心不由得软了。林林年年是三好学生,今后很有希望保送重点中学,如果为了两根老鼠尾巴断送了他的前程,那真是屈死人了。怎么办呢? 唉,眼下全县都在闹鼠荒,这该死的老鼠尾巴,想走后门还寻不到哪条道哩!

王主任正在为老鼠尾巴愁得茶不思、饭不想时,忽然门开开了,只见尤进宝拎着一只黑色公文包笑容满面地走进来。王主任一看,吓了一大跳,几个月不见,尤进宝好像重投了一个娘胎,但见他头发长到后肩,颧骨高高突起;再看他的脸色,白得就跟白纸一样。王主任惊讶地问:"喂,我说尤进宝,这些日子你真病了?"尤进宝双手一摊,说话还是老腔调:"王主任,我带病为青灵县父老兄弟分忧解愁,辛苦大大的。""瞧你油嘴滑舌的,我问你,你整天躲在黑房子里搞什么名堂? 我几次去你家,你为什么不开门? 明天就给我上班,否则我们要除名了。"尤进宝大大咧咧地朝沙发上一坐:"我说王大主任,别发火嘛,此处不留人,自有留人处,难道非要我在你这棵树上吊死?"王主任看不惯他那副怪模样,再加上今天心情不好,所以火气特别大:"尤进宝,你好吃懒做,躲在家里装病,你还像社会主义企业的职工吗?"

这番话,显然深深刺痛了尤进宝的心,只见他"呼哧呼哧"喘着粗气,好半天,才忿忿地说道:"王主任,人要凭良心说话,我什么时候好吃懒做了? 这些日子,我没理过一次发,没洗过一个澡,几夜觉并一夜睡,几顿饭并一顿吃,没日没夜地干活,你看到了吗? 算我瞎了眼,还想帮帮你的忙。""帮我的忙?"王主任心中暗暗好笑,"那好吧,你真能帮我忙,我跪着给你磕头。"

"好!"尤进宝得意起来,"大丈夫说话可得算话,我有特异功能，早给你算好了，瞧。"只见尤进宝潇洒地拉开黑色公文包，抽出一只信封，"哗"将里面东西全倒在桌子上。林林眼尖，一下子乐得蹦了起来："老鼠尾巴，老鼠尾巴！"王主任的脸立刻圆了，笑得腮帮子直抖："林林，快给你尤叔叔磕头。""慢！"尤进宝手脚利索地将老鼠尾巴收进包里。王主任尴尬地笑笑，搭讪着问："进宝，你这是从哪弄来的？""鱼有鱼路，蟹有蟹道，各人自有各人的法子，这你就别管了。""嘻嘻，能否帮帮我的忙，卖几根给我？"尤进宝看了他一眼，点上烟，美美地吸了一口，说："我早就说过，你要请我帮忙，好，今天我以'吓死人开发公司'董事长的身份和你谈一笔生意。谈成了，咱们签合同；谈不成，咱们就分手。"王主任一听，眼睛瞪得足有铜钱大，把个尤进宝从头看到脚，又从脚看到头。这可真是新鲜事，眼睛一眨，小滑头变成董事长，实在是吃他不准。"喂，你是谁任命的董事长？我怎么从没听说有这么难听的公司，你想谈什么生意？""改革嘛，有本事吃本事，没本事看电视，名字越难听，越有吸引力。怎么样，老鼠尾巴要不要？""啊，你有？我要！"

尤进宝神气地拍了拍黑公文包，吹嘘道："敝公司最近弄到一批老鼠尾巴，货品纯真，价廉物美，誉满全球，领导世界新潮流。我看在'娘家'份上，不惜血本拍卖，一千根收你三百元，够朋友吧？"王主任也算是老搞商业的，码头跑了多多少少，却从没听说过有专门出售老鼠尾巴的公司，再听他这么一说，真是又惊又奇："我说尤进宝，你别装神弄鬼的，骗钱也得看看地方，你当我傻瓜？"尤进宝"嚓"合上黑公文包："这年头，胀死胆大的，饿死胆小的。你要怕，咱们'拜拜'。"王主任一看他要走，急了，赶紧拦住说："你说的都是真话？""哈，我尤进宝从来不说假话，我们一手交钱，一手交货。"尤进宝见王主任脸上一阵红一阵白，猜想他是心痛钞票，便说："王主任，局里规定交不出老鼠尾巴要敲奖金，有没有这事？我这儿每人出六毛钱就可以帮你过关,到时候集体还可以评上先进,'红纸头'、'花纸头'一起进账,你脸上不是更有光彩了吗? 说实话,这种抢手货甩出去,人家还不是玩了命地抢?"

王主任想想此话一点不假,这两天人人都在谈论老鼠尾巴,真要让哪位抢了先,不但自己单位先进评不上,还直接关系到自己的奖金、老婆的疗养、孩子的升学,这真是小小秤砣压千斤,短短鼠尾牵万人。罢了,既然是搞形式主义,也顾不得政策不政策了,王主任当下与尤进宝拍板成交,三百元买个"天下太平"。

打那天起,吓死人开发公司老鼠尾巴生意越做越大,终于引起县里重视,一个电话打到商业局,让王主任出面了解一下。王主任撂下电话,要紧骑上自行车,直奔尤进宝家乡。

尤进宝家离县城不太远,约莫二十分钟就到了,王主任一进村,不由得大吃一惊,只见尤家门口挤满了人,男男女女,老老少少,竟排起了长龙,都是来购买尤进宝吓死人开发公司的老鼠尾巴的。王主任挤进人群,冲着忙得满头大汗的尤进宝喊道:"尤进宝,你擅自旷工做生意,还有党纪国法吗? 马上给我写检查,关门!""关门?"尤进宝抹去头上的汗珠,嘿嘿笑出声来:"你最好问问排队的这些人,他们同意不?"一个老太太哭丧着脸说:"不能关门啊,队里传下话了,交不出老鼠尾巴,年底口粮不分。大兄弟,帮帮忙吧!"一个穿运动服的壮小伙子横着身子过来了:"喂,你是哪里来的? 狗咬耗子瞎起劲,弄不到老鼠尾巴,上面不让我结婚登记,我打光棍,你家孩子给我?"也有人认得王主任,忙过来打招呼:"算了,旷工经商是不对,可眼下上面指标压得喘不过气来,没法子,帮帮忙,让我们买两根尾巴交差吧。"

王主任哭也不是,笑也不是,他转过头问:"尤进宝,这么多货源你是从哪弄来的?"尤进宝狡黠地笑笑,把王主任让进客堂间,打开通向内屋的一扇小窗,"啪"拉亮电灯,说:"欲知秘密,请朝里看。"王主任朝里面一望,不由得失声叫了起来:"我的妈妈哟,你怎么养起老鼠来了?万一这些老鼠逃出来,可不得了!"尤进宝指指那些铁丝笼子,说:"不会的,你看,双保险!再说,除了几只配种的公鼠外,我只养母鼠,小老鼠一出胎,我就斩尾巴卖钱。"王主任看着满屋活蹦乱跳的老鼠,心里总有些不是滋味:"我说尤进宝,这总不太好吧,让上面知道了,还不说你破坏爱国卫生运动?"尤进宝用手指指那些排队的人,显得有些激动:"有什么不好的,如果我不养鼠,全县指标怎么完成?你们怎么登报、上电视?"说着,他又"嚓"拉开公文包,说:"王主任,你愿意签合同吗?我又要做一笔大买卖了。""你又想出什么鬼点子来了?""吓死人开发公司郑重向商业部门推出一批好原料:鼠皮给服装行业做大衣,鼠肉给饭店做佳肴,鼠粪给养花匠提供高效化肥。怎么样,看在'娘家'面上,不惜血本拍卖,出厂价。""行了,行了!"王主任不耐烦地打断了尤进宝滔滔不绝的吹嘘,此时此刻,他真是感慨万千。他拍拍尤进宝的肩,说:"我问你,你有几个肚脐眼?"这下轮到尤进宝茫然不解了:"这、这,你这是什么意思?"王主任耸耸肩膀,说:"做养老鼠专业户这个绝主意,你是怎么想出来的?"尤进宝恍然大悟,不由得放声大笑:"哈哈……不是我比别人多一个肚脐眼,实在是上面那套做法让我钻了空子。咱哥们有交情,我透点发财秘诀给你听听。你想想,老鼠指标是不是年初就下达了?"王主任默默地点点头,"这就是信息!青灵县是个无鼠县,这个指标肯定完不成。完不成指标,按我们县前几年的做法,还不是非走形式主义那条道不可?我可是搭准了脉搏来的,让你们花钱买个教训!老兄!不过,话得说回来,我也不是个一毛不拔的铁公鸡,我投资两千元,局里设个办实事基金会吧!怎么样?"

王主任一听这话,顿时张口结舌,一语不发,心里叹道:唉,为了灭鼠而养鼠,养了老鼠再抓鼠,奇闻,奇闻!看来,我们真有必要设个办实事基金会了。　　　　　　　　　　（吴　伦）

本 末 倒 置

镰刀不能砍大树，
斧头不能割青草。

颠　　倒

　　下午六点钟光景,43 路汽车站早已是人声鼎沸,等车的乘客越聚越多,远远望去,像蚂蚁似的黑压压一片。

　　不知过了多久,蜗牛般的汽车终于慢吞吞地开来了,没等停稳,乘客们就像遇到地震似的"哄"地一声弹跳起来,以前所未有的冲击力向车厢里挤去。这时,有个满头银发的老奶奶,手里抱着一个婴孩,也夹在人群中,可毕竟年纪大了,还没挨到车门口,人已经踉踉跄跄,左右摇摆,急得她忍不住大声叫喊起来:"爷叔,阿姨,各位师傅,帮帮忙,让我先上,让我先上……"

　　人群中有人见老奶奶不知好歹地挡住去路,便用手一拨拉,嘴里咕哝道:"老东西,这么大年纪,不呆在家里,跑这儿来凑啥热闹?"老奶奶脚没站稳,一下子被推出了人群。

老奶奶可不是吃饱了撑得慌,出来挤车玩的,她是街道托儿所的保育员,刚才,她发现托儿所里有一个婴儿突然浑身抽筋,呕吐不止,知道事情不妙,就赶紧打电话找孩子家长。事不凑巧,电话怎么也打不通,要想拦辆"的士",可又只见车来,不见车停,百般无奈,只得抱了婴儿挤公共汽车上医院。谁想整整等了一个多小时,到现在仍在下面站台上转,眼看怀中的婴儿呼吸越来越急促,老奶奶好似万箭穿心,不由得泪流满面地哭喊起来:"大家帮帮忙,救救这病危的孩子吧!"

老奶奶的哭喊声,很快被狂潮般的叫骂声淹没,不一会,车厢里塞满了人,车门口还吊着三四个,最后面那个穿连衫裙的时髦姑娘,还在那里像蚕宝宝似的,屁股一拱一拱地朝上挤。

老奶奶还有些不死心,又颤巍巍地挤到前面,对吊在车门口的时髦姑娘喊:"姑娘,姑娘……"见对方无动于衷,以为她没听到,只得腾出左手,轻轻地碰了一下:"姑……""动手动脚干啥?"时髦姑娘猛然一声怒喝,吓得老奶奶头皮一阵发麻,她稳住神,哀求道:"姑娘,人心都是肉长的,看在生病孩子的分上,你让我先上吧。""我让你,那谁让我?""那,那也不能见死不救呀。"正说着,打人群外面冒出个剃光头的小青年,他用手拨开人群,挤到老奶奶身边,好奇地东瞅瞅、西望望,"嘿嘿"笑了两声,问:"吵啥?"老奶奶感叹地摇摇头:"如今真不像话,孩子生病上医院,连车都挤不上。"那光头青年听了,莫名其妙地又"嘿嘿"笑了两声,把袖子朝上一捋:"这有啥大惊小怪的,我来帮你挤。"老奶奶见对方衣冠不整,面露凶相,以为是在寻自己开心,所以把头扭向一边。

这时,那个光头青年旁若无人地走到车门口,很神气地命令道:"都下来,都下来。"吊在车门口的那几位都觉得好笑,相互对视了一下,不屑地讥讽道:"你是雷锋的什么人,管得倒宽?"光头青年把大拇指朝上翘翘:"我,我是雷锋的儿子。""哗……"人们哄堂大笑,时髦姑娘笑得弯下了腰:"这人有毛病哦?"光头青年的脸一下子涨红了,他也不说话,伸出蒲扇般的大手,照着那位时髦姑娘的屁股就是一巴掌。

哄笑声戛然而止,人们一时间呆若木鸡,好半天,那时髦姑娘才清醒过来,"哇"地一声惊呼起来:"流氓,流氓。"光头青年也不理会,用手一指:"你下来不下来?""就是不下来,你敢对我怎么样?"时髦姑娘嘴里还在硬撑,可声音已经发飘了。光头青年探身过去,一把抓住时髦姑娘的连衫裙,一用劲,"嘶啦"一声,连衫裙裂了一道口子。时髦姑娘一个寒噤,从车上跳下来:"你,流氓!"光头青年嘴里骂了声:"妈的!"一挥手,时髦姑娘"啊呀"一声,四脚朝天跌倒在街沿上。

光头青年转过身,双手一叉腰,气势汹汹地朝车门口喊:"你们下不下?"吊在车门口的那几位见对方动了真格,一个个都吓傻了眼,谁也不敢再顶嘴,乖乖地都溜下车来。光头青年这时才得意地晃了晃脑袋,又"嘿嘿"笑了两声,朝老奶奶吩咐道:"你快上车吧,我保护你。"老奶奶虽然对光头青年粗鲁的举动心有余悸,但还是挺感激地连声道谢:"谢谢,要不是你……"底下话还没出口,从对面精神病医院里匆匆跑出几个穿白大褂的医生,他们左顾右盼,突然,有个医生朝这边一指,喊了声:"病人在这里。"医生们一下子冲了过来,围住那个刚刚从医院里逃出来的光头青年,连哄带骗地将他拉了就走。光头青年回头朝老奶奶挥挥手:"哖哖"然后又手舞足蹈地唱了起来:"鞋儿破,帽儿破……哪里不平那有我……"

四周的空气突然凝固了,像一大块铅沉甸甸地压在人们的心头。那个时髦姑娘从地上爬起来,拍了拍身上的灰尘,自嘲地骂了声:"哼,是个神经病,怪不得……"已经上了车的老奶奶低头看了看怀中的婴儿,又抬头望望远去的光头青年,一串泪珠滚了下来。

(吴　伦)

捡来的晦气

临江村的王小毛,人称"晦气鬼"。这天,晦气鬼有事到县城去,经过一条小弄堂时,"嘶"脚下踩着个软乎乎的东西,低头一看,是只鼓鼓囊囊的皮夹。捡起一打开,嗬!里面是厚厚的一叠钞票,数一数,整整50张十元钞;皮夹里还有个硬邦邦的东西,拿出来一看,是只沉甸甸的金戒指。

晦气鬼差不多要跳起来了:都说我晦气鬼碰来碰去尽是晦气,可今天,嘿嘿,财神菩萨拜倒在我脚板底下,岂不是实实在在的运气?看来,我晦气鬼要时来运转啰!

可转念一想,他又觉得不对:我现在要做一个堂堂的男子汉,不能捡到人家的东西当天落横财,装进自己的腰包啊!

于是,他举起皮夹,正想喊"这皮夹是谁的",却发现这小弄堂里静悄悄的,前后左右连个人影也没有。他头皮一抓,办法来了。前几天,他们村一个村民的一头牛走失了,后来到乡广播站一广播,有人就把那头牛送来了。县城不是有广播站吗?到广播里去喊一下,全县人都听到,还愁找不到失主?

晦气鬼飞快地来到广播站,接待他的是一位穿着时髦的姑娘。姑娘问清缘由,取出纸笔,"沙沙"几下,写好一份"招领启事",请晦气鬼过目。晦气鬼看后连声说"好"。姑娘"啪"地向他伸过一只手来。

晦气鬼一看,姑娘伸过来的这只手又嫩又白,他心里高兴啊,以为姑娘要同他握手,就受宠若惊地把双手往衣襟上擦了又擦,然后抖抖索索地伸了过去。

谁知姑娘见状,马上"啪"把手缩回:"你……你要干什么?"

晦气鬼说:"握手呀。"

"握手?"姑娘没好气地说,"请你交人民币20元!"

晦气鬼愣住了:"交人民币干什么?"

"干什么?"姑娘眼睛瞪大了,一字一顿地说,"广—告—费!"

晦气鬼呆了:"广告费?我……我这又不是做广告……"

姑娘一下抢过话头说:"你这不是做广告,那是做什么呀?你知道什么叫广告吗?广告就是广而告之。你叫人家来领皮夹,不是要广而告之吗?广而告之就是广告,广告就要收广告费,这是我们广播站创收的一个项目,是按经济规律办事,是改革、开放、搞活的重要内容,你懂吗?"姑娘口齿伶俐,"啪啪啪啪"说话就像打机关枪。

晦气鬼懵了,看着姑娘,半晌说不出话来。他想:真是活见鬼,我身上一塌刮子只有8元1角7分钱,还要吃饭,还要买回去的汽车票。再说,我捡了皮夹,归还失主,是学雷锋啊,还要花这种冤枉钱,我才不来呢!想到这里,他瞪了姑娘一眼,转身就走。

可谁知,姑娘见他要走,一个箭步冲过来,双手一伸,把他拦住了,说:"你还没有付钱呢!"

晦气鬼没好气地大声吼道:"对不起,我不要广而告之了!"

姑娘说:"这随你的便。可我已经给你起草了广告,你应该付代笔费5元。"

晦气鬼火了:"你……你们简直是敲竹杠!"

姑娘严肃地说:"你这是诬蔑!这叫有偿服务、按劳取酬,社会主义初级阶段的分配原则!"她朝墙上一指,说:"你看看,规定都在这里,我是照章办事,铁面无私。老实说,对你还是优惠价哩!"

晦气鬼摇摇头,只得自认晦气,给姑娘丢下5元钱,匆匆走了。

现在怎么办呢?这皮夹总得归还失主啊!晦气鬼左思右想,主意又来了:对呀,把它交给派出所吧!可他不知道派出所在哪里,刚好,路旁有间小房子,一只大柜台后面坐着一位在打瞌睡的胖子,晦气鬼就上前喊道:"同志,同志……"

胖子一下被惊醒,对晦气鬼道:"你要干什么?"

晦气鬼说:"我想问你一件事……"

哪知道,胖子闻声一下子来了精神,卡住晦气鬼的话头说:"慢,慢,请……请你先交费,先交费。"

晦气鬼大惑不解:"什么费?"

胖子说:"咨询费。"

晦气鬼更加不解:"什么咨询费?"

胖子说:"你不是要问问题吗?问问题就叫咨询。我们这里是咨询公司第十八咨询处,规定问问题之前,要先交咨询登记费5元,然后再按照你所问问题的复杂程度,按不同价格收取咨询费。我们收费合理,价格公道,为人排忧解难……"

晦气鬼奇煞了，就说："我……我不过是问个讯啊……"

胖子听也不听，连连摇头说："我们公事公办，不管你问什么，都得先交登记费再讲。"说着，一只胖乎乎的手就伸了过来。

晦气鬼简直像被扔进了云山雾海，连东南西北也分不清了：问个讯都要收费，这……这……他一下子火了起来，盯住胖子问："你们这是什么鬼公司？"

胖子一伸手，说："这个问题当然可以咨询，咨询费 10 元。"

晦气鬼更火了："开口 5 元，闭口 10 元，你是地主还是富农？"

胖子说："这个问题也可以咨询，咨询费 8 元。"

"见你的鬼去吧！"晦气鬼愤愤地骂了一句，一转身飞也似地走了。

到了街上，晦气鬼想想还是应该快一点找到失主。这一回，他没有再去问人，而是找来一张白纸，写好一张"招领启事"，"啪"贴到了街旁的墙上。

谁知，他刚刚贴好，一位老太太像从地下钻出来似的站到了他的面前，说："同志，此处严禁张贴，违者罚款。"说着，"沙"从一个小本上撕下一张发票："罚款 2 元。"

晦气鬼的眼睛瞪得胡桃一般大："这……这……"老太太说："你看看，这里有安民告示。"晦气鬼一看，墙角落果真有两行小字："严禁张贴，违者罚款。"只得又自认晦气，掏出 2 元钱交给老太太。随后三下两下撕了那份招领启事，揉成纸团"啪"地丢在墙边。谁知他刚想走，老太太又将他一把拉住，说："同志，随地丢废纸，罚款 5 角。"说着又"沙"地撕下来一张罚款发票。晦气鬼目瞪口呆："你……你……你这位老太太真是……真是……"他语无伦次。那位老太太却异常镇静地说："同志，真是太谢谢你了，太谢谢你了，你态度恶劣，抗拒管理，应该加倍罚款,来,再5角。"说着,又"沙"地撕下来一张罚款发票。

晦气鬼定定地看着老太太,不敢再轻举妄动了。老太太放低声音说:"同志,这就算是你做好事吧,这地段归我管理,每月要创收300元哪……"晦气鬼再也无话可说了,摸出身上仅有的一点钱,丢给了老太太,然后转身就走。老太太连声喊他:"同志,给你发票,给你发票。"晦气鬼头也不回地说:"发票我有屁用呀!"可是老太太硬是追上来把发票塞给他,说:"你有没有用我不管,我是一定要给你的。不给你发票,这钱就是我贪污了,如今我们都要讲廉洁啊!"晦气鬼又好气又好笑,接过发票就把它揉成一团,正要往地上丢,突然想起又要"罚款5角",忙把它塞进口袋,转身一看,老太太的两只眼睛正"滴溜溜"地看着他哩。

晦气鬼捧着那只皮夹,摇头叹气,连喊:"晦气,晦气,晦气!"他再也没有其他办法了,只得重新回到那条小弄堂里,把这只皮夹丢回到了老地方。也正是合着他晦气,刚巧有两个民警路过这里,看到这个情景,还以为他是偷了皮夹遇到什么麻烦后想塞出来呢,于是把他扭进了派出所。

晦气鬼被扭进派出所后,任民警怎样问他,就是不说话。民警厉声道:"你……你为什么不说话?"

晦气鬼头一昂说:"要我回答,请先付咨询费10元!"

民警奇了,问:"你……你这是什么意思?"

晦气鬼又说:"又是一个问题,再付咨询费10元!"

民警火了,"啪"地扔下一张纸一支笔,说:"你……你给我老老实实写下来!"

晦气鬼手一伸,大声说:"好吧,我可以把我碰到的事情全写下来,但你得先付起草费20元!"

……

（赵和松）

人 海 奇 闻

瓶嘴能封住，
人嘴堵不住。

桃夭村

　　说起来,那是很早很早以前的事情了。太仓城里有个读书人,叫蒋生。这人长得一表人才,落落大方,年纪轻轻就很会写文章,谁知他偏偏命运不佳,接连碰上了几桩倒霉的事情。先是千里赴试,名落孙山;等到灰溜溜地回到家中,迎面就看见一个灵堂,原来父母亲就在他赴试期间先后去世;蒋生正在痛哭流涕、心灰意懒的时候,他那未来的老丈人却把聘礼全部退了回来,本来好端端的一门亲事又成了泡影。蒋生一气之下,就变卖了家产,跟着一个叫马郎的商人乘海船出海做生意去了。

　　一天,海上起了大风,顿时山呼海啸,波涛汹涌,把海船吹到了一个大岛的边上。第二天,风平浪静,上岸一看,竟是一个山清水秀、风景如画的好地方,四周虽然没有什么城墙,却有成千上万棵桃树簇拥着。当时正值仲春时节,草木茂盛,桃花竞相开放,好似绫罗锦绣的屏幕,张挂在一个城府的周围。

想不到海外还有这么个好地方,蒋生高兴极了,就拉着马郎一起上岸散步,一面观赏风光,一面沿桃花林朝着有人居住的地方走去。

来到三岔路口,忽然看见有几十辆小绣车蜂拥而来,坐在车上的都是些十七八岁的少女,穿着打扮各不相同,相貌自然更是一人一个样。内中有个少女特别引人注目,只见她浑身上下绫罗绸缎,头上插宝钗,手上戴玉镯,珠光宝气,一看就知道是个富贵人家的闺阁千金,只可惜一张脸实在难看:脸孔凹进,嘴唇翘起,又是一脸的麻子,要多丑有多丑。可是她却偏要捏着一块手帕,忸忸怩怩地装出一副妖媚的神态来,实在叫人恶心。蒋生和马郎都忍不住笑了起来。看到最后,又过来一辆小车子,坐着一个妙龄少女,虽然荆钗布衣,但姿色天然,十分动人。蒋生一见那少女,就像铁屑碰到磁石一样,被她的美貌吸引住了。于是,他们两人就跟随着这支奇怪的车队向前跑,想要看个明白。

这时,车轮滚滚,风驰电掣一般。不一会就来到一所官邸,少女们纷纷下车。蒋生弄不明白,就拉住一个过路人问了起来。那人见蒋生一身打扮与众不同,知道他是外地人,就把这件事的来龙去脉一五一十告诉了他。

原来,这个岛子叫做桃夭村,当地有个特殊的风俗习惯,每年春天是男婚女嫁的时节,到了该结婚年龄的青年男女都要到官府来登记考试。先考女的,由地方官评判,按照容貌的美丑,排成次序;再考男的,不考容貌,单考文章,根据文章的好坏,也排成次序;然后将男女双方考试后发榜的名单合起来,男的第一名配女的第一名,男的第二名配女的第二名……那个过路人说:"今天是女子考试,明天就轮到男子考试了。两位先生如果尚未成家,不妨一试。"蒋生一听,心中大喜,连忙和马郎两人找了一家旅店住了下来。

蒋生想：刚才车队里最后面那辆车上的少女，实在太美了，按容貌来排，肯定是冠军无疑。自己满腹经纶，才气横溢，如果应考，自然也不会落在人后。假使老天爷能成全这桩姻缘，也不负我这次赌气离家，漂洋过海，四处寻访意中人的凤愿了。

说来也巧，睡在隔壁房间的商人马郎也是翻来覆去睡不着觉，一闭上眼，就仿佛看见了白天见过的那个妙龄少女，后来干脆翻身起床，来敲蒋生的门，要和蒋生商量，明天也去考上一考，碰碰运气。蒋生听了哈哈大笑，说道："你做起生意来，门槛确实是精。不过你素来不会舞文弄墨，何必去出这个丑呢？"马郎脸孔涨得通红，心里却不服气，总想试它一试。蒋生见他态度坚决，也就不好意思再去阻拦，索性打起精神，把考场里的一些规矩详详细细地教了他一遍。

第二天一早，两个人精神抖擞地来到考场。试卷一发下来，蒋生振笔疾书，得心应手，文不加点，一气呵成，第一个交了卷。马郎却皱紧眉头，涂了又改，改了又涂，一看时间已到，只好勉强交卷。

考试后回到旅店，蒋生正在得意，就来了一个官府打扮的人找他，说自己是奉主考官命令来的。主考官说蒋生考得不错，有希望得第一名，只是另外几个人也考得蛮好，他们是当地人，跟地方官都沾亲带故的，事情不好办。他希望蒋生拿出三十两纹银来，这样当可多方设法。蒋生一听，无名火蹿了上来，心想：去年在京城赴考，自己名落孙山也是吃亏在这一点上，想不到天下乌鸦一般黑。一咬牙，读书人的犟脾气又来了，他开口就说："混账！且不说我现在旅途之中，钱带得不多，无法满足你们这种贪得无厌的要求，即使我今天黄金满屋，也不会做出这种不要脸的事来。"那人一副尴尬相，只好灰溜溜地走了。

谁知隔墙有耳，商人马郎却把这场争吵听了个一清二楚。

他灵机一动,出门悄悄地跟在那个差人后面,转弯抹角走了一段路,拉住了他,如此这般一说,当场塞给他四十两纹银。那人问明了马郎的名字,满口答应,两人就此分了手。

一发榜,马郎高中第一,蒋生得了个最末一名。蒋生心里气恼已极,他叹了一口长气,说:"把我的文章拉下来倒并不可惜,只是这么一来,失去了一位绝代佳人,却要硬配给我一个丑八怪,这可怎么受得了呢?"他一想到那个装腔作势、令人作呕的丑女,心里就发毛,想逃走,但门口站满了衙役,他只好闭紧眼睛,听天由命。

不一会,主考官登上公堂,按榜上的名次给堂下的青年男女主婚配对。一对一对配下去,临到末了,就让女榜中最后一名把蒋生当作郎婿招回家去。

蒋生抖抖索索地牵着红丝带把那女子领走,心里像塞进一把乱稻草,实在不是滋味。糟糕,往后和这个脸孔凹进、嘴唇翘起、满脸麻子的冤家怎么过日子呢? 谁知道等到揭开新娘的面纱一看,蒋生大吃一惊,原来新娘子正是他日思夜想的佳人哩!

这是怎么一回事呢?

新娘子淡淡一笑,对蒋生说起了根由:"实不相瞒,我家里很穷,一直是拆东墙补西墙,拼拼凑凑地过着苦日子。那天考试回来,主考官却向我索取一笔很重的贿赂,答应给我当第一名,结果被我骂了出去。他因此怀恨在心,故意把我排在最后。"

蒋生一听,感慨万千,他语重心长地对新娘子说:"世上的事可真够复杂的了,塞翁失马,安知非福! 假使我当初软一软,拿出三十两纹银来给了主考官,头名虽然稳拿了,可今天晚上又怎么能够和你这么一个美人儿在一起呢?"新娘子也被他说得笑了起来,说:"天地间是非颠倒的事太多太多了,不过,能够保持自己的清白、老老实实办事的人,最终还是可以得到幸福的。"蒋生听了这话,更觉得自己找到了知心人,心中有说不出的欢喜。

第二天,蒋生到马郎那里贺喜。马郎的神情十分懊丧,原来他是鸭吃砻糠空开心,那个名列第一的美女,偏偏是当初所见的长得最丑的那一个。因为那女子家里有的是钱,足足送了一百两纹银给主考官,因此名列前茅了。蒋生拍拍马郎的肩膀,说:"花钱买个虚名,却失去了做人的本分,这是你自找的麻烦,又有什么好抱怨的呢?"

(希　稼　编写)

奇怪的耳朵

滨海县物资局局长苏文荣，今年五十出头，长得相貌堂堂，颇有风度，唯一不足的，却是左半边脸上缺了一只耳朵。那是在文化大革命中一次批斗会上，被一个造反队员扯掉的，后来苏文荣平反昭雪，官复原职，但这只被扯掉的耳朵却不能"落实政策了"。

堂堂一个局长，缺一只耳朵成何体统？就连社会上盛行戴变色镜，也因一只镜脚无处架而作罢。为此，苏局长一直耿耿于怀，难以解脱。现在市场开放，什么猪耳朵啦、羊耳朵啦、牛耳朵啦等等，样样都有卖，可人耳朵却任你钱再多也买不到啊！

俗话说：吃啥补啥。苏局长虽不迷信，内心却存着几分希望，希望有朝一日左边脸上这片"荒芜的土地"上能重新长出一只耳朵来。于是他爱上了吃耳朵,羊耳朵、牛耳朵、猪耳朵、狗耳朵,除了老鼠耳朵,啥耳朵都爱吃。

这一天,苏局长正在家吃耳朵喝闷酒,忽然传来一阵急促的敲门声。苏局长放下酒杯,开门一看,不由吓了一跳,只见局办公室主任马本山气喘咻咻站在门口,双手捧着一只血淋淋的耳朵。苏局长忙问:"老马,怎么送来一只血耳朵,这么小,是不是刚从猪崽头上割下来的?"

"苏局长,你不要搞错噢,这可不是我平时经常送的猪耳朵、狗耳朵,这是道道地地的正宗名牌人耳朵,新鲜得很,看,它还在扑扑跳哩。"

苏局长一惊:"什么?是人的耳朵?你、你从哪儿觅来的?"

"苏局长,你不要急,听我慢慢讲。事情是这样的,今天我和司机小鲁出车到邻省办事回来,中午时小鲁多喝了二两酒,回来路上出了两桩小车祸,第一次与一辆四吨卡车擦过,刮开了巴掌大一块车皮,第二次又与一个骑自行车的男青年相擦,把那人连人带车弹到了路边稻田里,幸亏没出大事体。那男青年站在稻田里哇哇大叫停车,小鲁一看事情不妙,怕惹麻烦,急忙一踩油门溜之大吉,回来后才发现裂开的车厢隙缝里竟削下了男青年的一只耳朵。我一看巧了,局长你不正缺一只耳朵嘛,这耳朵刚削下来,新鲜活跳的,我赶紧给你送来了。"

"怎么,让我吃人耳朵呀。"

"哪里!机不可失,时不再来,我送耳朵来是让你到医院去做续接手术。"

"唔?"苏局长心里一动,这可真是个千载难逢的好机会呀。不过——苏局长又急忙问道:"那耳朵的主人怎么办,他知道了岂不要上门来讨?"

"苏局长放心,车子开得飞快,那人根本来不及看清车牌号码,又隔了一个省,任他有天大本事也寻不到咱们这儿来。"

"好！如果这次耳朵接成功,你老马立了一大功。"苏局长感激地拍拍马本山的肩膀。马本山受宠若惊,心里十分得意,巴结道:"局长劳苦功高,我能为您尽点力也是应该的,只要局长不忘记我这匹老马就行。"

苏局长和马本山风风火火赶到医院,一验血型,恰好相符,当即做了手术,一只普普通通的群众耳朵从此就长在了苏局长的头上。

谁知这只耳朵还真有点奇怪,一长在苏局长头上,苏局长的思想就起了明显的变化。以前,苏局长爱虚荣,就喜欢别人奉承拍马,可现在却对奉承拍马的话感到不入耳。俗话说:偏听则暗,兼听则明。苏局长过去只有一只耳朵,总是偏听偏信,现在有了两只耳朵,正反两方面意见都能听。尤其是那只新安装上的耳朵,大概是来自群众,对群众有感情,所以特别听得进群众的意见。

今年春,局里要派一批技术人员出国考察。马本山本来就内定榜上有名,加上这次又为苏局长立了一大功,自以为稳坐钓鱼台,谁知苏局长听了群众反映,竟把有功之臣马本山从内定名单上划了去。马本山得知风声不由急了,自己快退休了,这次失去机会,恐怕这辈子是再也开不到洋荤了。马本山连忙寻着苏局长,恳求道:"苏局长,我在局里干了几十年,没有功劳也有苦劳,这次出国考察,论资排辈也该轮着我了。"

苏局长笑笑道:"老马啊,出国考察不是疗养,怎么可以论资排辈。这次派出国的都是技术人员,你是行政干部,出国考察就免了吧。"

马本山碰了一个软钉子,心里十分晦气,又不敢与苏局长扯破脸,肚里暗骂苏局长无情无义,过河拆桥。马本山自然不甘心就此罢休,决定"曲线救国"走苏局长夫人的路。于是他忍痛拿出一条在某次订货会上收取的澳大利亚纯羊毛毯和几盒美国花旗参,悄悄地来到苏局长家,找苏夫人梅仙。

梅仙一见马本山送上厚礼,脸上立刻堆下笑来,为马本山沏了一壶茶,笑吟吟地说:"老马啊,你是我家的常客了,又何必如此破费呢?至于把你从出国考察名单上划去的事,我也听说了,老苏他就是死心眼。老马你快退休了,最后这么个机会还要卡,也说不过去,老马你放心,我家老苏从来是对我言听计从,待晚上我给他吹吹枕头风,保你扭转乾坤。"

马本山听梅仙打下保票,便放下心来,巴结地说道:"嫂子,待我这次出国考察回来,一定带几样洋货来孝敬孝敬你。"

"老马,咱自家人不说两家话,到时再说吧。"梅仙亲自将马本山送出家门口。

说起梅仙,今年四十不到,徐娘半老,丰韵犹存,尤其是一双薄薄的嘴唇皮,那真是能把死的说成活的。苏文荣的原配妻子在文革中跳楼自杀,梅仙是续弦,年龄相差了一个属相,又爱打扮,显得嫩相,与老苏走在一起,也可说是老夫少妻了。老苏对这位娇妻是爱抚之至,不是万不得已决不会逆她的心。

夜里,夫妻俩一上床,梅仙格外殷勤,把老苏摆布得舒舒服服。梅仙一看火候已到,便拿出她的惯用伎俩——吹枕头风。

然而这次吹枕头风却是过期的药品——失效了。梅仙躺在苏局长左侧,吹枕头风正对准了那只新装的群众的耳朵。苏局长一听就起了反感:"梅仙,这是局里的公事,你不要多管。"

梅仙冷不防被呛了一口,颇为不快:"唷唷,老头子,你什么时候也变得这么假正经?老马对你有贡献,你不要忘了本,被人家背后骂你忘恩负义。这次出国考察我看就放他一马,让他也开开眼界算了。"

"不行,出国考察又不是我私人掏钱请客,愿让谁去就谁去,这是出国取经学习,回来要派用场的,这一马我不能放,群众也不会同意。"

"你讲啥？你讲啥？是不是你耳朵出了毛病,连我的话也听不进了？"

"梅仙,你错了,过去是我的耳朵出了毛病,所以老听你的枕头风,现在我的耳朵好了,因此我还要听听大多数人的意见。"

"好啊,你变心了,连我的话也不听了,呜……呜……"梅仙又气又恼,一扭屁股,呜呜地哭了起来,她伤心的是纯种的澳大利亚羊毛毯和美国进口的西洋参,怕是要还给老马了。

马本山夫人路线没有走通,气恼万分。更使他难堪的是局里一些喜欢拍马溜须的同僚们也因几次碰钉子,有气无处出,都发泄到他头上来,纷纷谴责马本山替苏局长装上了群众的耳朵,使他们不得势。解铃还须系铃人,众同僚强烈要求马本山收回那只怪耳朵。

马本山拍马屁拍到马脚上,真是哑巴吃黄连,有苦无处说。但他又不敢将苏局长头上那只新装的耳朵重新揪下来,所以几天来茶饭不思,人也老瘦了许多。

哪儿跌下去,那儿爬起来,马本山终于苦思冥想出一个绝招。

马本山偷偷地来到当初的肇事地点,贴出一张失物招领启事:"兹于×月×日,拾到耳朵一只,请失主速到×省滨海县物资局认领。"

却说被削掉耳朵的男青年叫王小毛,当时一跤弹到水稻田里,昏头转向,来不及认清肇事车辆的车牌号,四处打听又不知消息,只得自认霉气。谁知事隔数月,意外地看到了这张失物招领启事,真是又惊又喜又纳闷。耳朵被削掉这许多日子,即使再认领回来,只怕早已干瘪了。但这葫芦里究竟卖的什么药,倒要弄弄明白。于是王小毛向乡办厂领导请了假,匆匆忙忙地乘车寻到了滨海县物资局。一打听,耳朵竟还活着,装在了苏局长头上,王小毛便追到了局长办公室。

　　苏局长戴着新配的老光眼镜正在批阅文件,见有人进来,便招呼:"同志,你找谁?"

　　王小毛径直来到苏局长面前,一言不发地对着苏局长新装的耳朵横看竖看。苏局长纳闷了:"哎,这位同志,你究竟有什么事?"

　　王小毛没料到自己失去的耳朵还真活着,不由喜出望外,指指苏局长的耳朵道:"苏局长,我无事不登三宝殿,找的就是你。你仔细看看我这一只耳朵和你那一只耳朵,原是一对双胞胎,耳轮上都有一小颗肉柱,本来长在我头上,怎么会长到你头上来啦?"

　　苏局长一听顿时明白是耳朵的原主寻上门来了,一时语塞:"这、这……"

　　"苏局长,拾金不昧是我们中国人的传统美德,何况是一只活生生的耳朵。谢谢你替我保管了这许多日子,现在该是物归原主的时候啦。"

　　苏局长呆住了,当初装耳朵动手术,为了保证成活率,麻醉剂也没有用,那个痛真是刻骨铭心,现在又要割下来,再受一刀之苦,简直难以忍受。但耳朵明明是人家的,人证物证都有,又怎能撒赖不还?唉,都是那个马本山作孽。苏局长支支吾吾,犹犹豫豫,王小毛下了最后通牒:"限你三天时间,到时不还,咱俩法院再见。"说罢,王小毛转身就走,只剩下苏局长一个人呆若木鸡,思想斗争十分激烈。

　　王小毛来讨耳朵的事,全局上下传得沸沸扬扬,大家都想看看法院怎样判决这一起奇怪的案子。苏局长很痛苦,他对这只耳朵恋恋不舍,却又无可奈何,难道真要与王小毛对簿公堂吗?

　　三天时间转眼就到,王小毛又来到了局长办公室。"苏局长,耳朵的事你考虑定当了没有?"苏局长点点头:"王小毛同志,耳朵的主人是你,我应该把它归还给你,我这就和你一起到医院去做换接手术。"

王小毛笑了:"苏局长,你不必着急,既然你想通了,这就好,我呢,也想通了,这只耳朵我决定不再收回。"

苏局长颇感意外:"什么? 你不收回耳朵,你要钞票?"

"不,苏局长,这三天之中,我听了你们局里许多群众的反映,说你自从新装了这只群众的耳朵后,听得进群众意见,为群众办了许多好事,群众希望领导有这样一只耳朵,因此我决定将它赠送给你。"

"不、不,耳朵是你的,应该归还给你。你的心意我明白,作为一个领导,应该有这样一只耳朵,但它不只是在形式上,而是应该在心里。耳朵你一定要收回去。"

苏局长要归还耳朵,王小毛却又坚决不肯收回,两个人推来争去,半天也没有个结果,看来只有请民事法庭审理判决了。至于这只奇怪的耳朵究竟该判给谁,还是请读者来判决吧!

(朱德谟)

特殊病症

　　一天中午，县人民医院门口来了辆三轮车，蹬车的是个年过花甲的老头，车里头坐着个人，一块被单把整个身子盖得严严实实，就像是一尊尚未揭盖的雕塑像。

　　车子停妥，老头扶下车上的人，搀着来到候诊室，安顿她坐下后，就跑到挂号窗口，递上钞票，说："同志，我挂个号。"挂号员是个年轻的女同志，她接过钞票，问道："看什么科？"老头搔搔头皮："这……随便什么科。""啊，你是什么病？""咳咳，没，没什么病。"挂号员一听来了火："没病你来干啥，寻开心是吗？神经病！"说着把钞票扔到窗口上。老头急了："哎，同志，我没有神经病，她确实没有病，就是有点小毛病……哎呀，我也讲不清，你自己看吧。"他说完，拉过她，掀掉被单，露出了庐山真面目。

挂号员抬头一看,不觉"嗤"地一下笑了,原来这人脑袋上套着一只搪瓷痰盂罐。挂号员捧着肚子笑了一阵以后,问道:"她这是干啥呀?"老头叹了口气,说出了事情的原委。

原来老头和这人是一对夫妻,都退休在家,安度晚年。今天中午,老太婆在厨房里烧菜,老头在客厅里跟6岁的小外孙玩,这一老一小玩得正起劲,小外孙不当心摔了一跤,"哇啦哇啦"直哭。老头什么办法都用了,就是骗不好。他正着急,突然发现椅子上那只刚买来的搪瓷痰盂罐,顺手拿起戴到自己头上,并对小外孙说:"你看,外公的帽子漂亮吗?"他这招果然灵光,小外孙当即破涕为笑,还拍着手叫道:"外公做戏喽,快来看哟……"老太婆闻声走出厨房一看,骂道:"你这老头呀,什么东西不好玩,怎么把痰盂罐当帽戴,好了好了,快给我拿掉!"老头虚心接受,连忙摘下痰盂罐,放回原处。谁知道小外孙不让,他拎起痰盂罐来到老太婆身边,说:"外婆,你戴。"老太婆忙说:"外婆要烧菜煮饭,等吃过饭再戴,好吗?""不嘛,外婆戴,现在就戴。"老的哪里耍得过小的,老太婆只得投降,"好好好,外婆戴。"她说着蹲了下来。小外孙捧起痰盂罐,套到老太婆头上,接着用力一拉,"扑"一下进去了,整个脑袋全被套进了痰盂罐里。谁也没想到,套进去以后竟拉不出来了。再加上老太婆两个耳朵上生了冻疮,用力一拔,就疼得哇哇叫。这可怎么办呢?老头一急,就将她送医院来了。

挂号员听完老头的叙述,倒也动了恻隐之心,可医院里没有痰盂科呀。她想了想说:"先到外科去看看吧。"

老头拿了挂号单,扶着老伴到二楼,来到了外科室。

外科医生是个年轻小伙子,他接过挂号单和病历卡,问道:"怎么啦?"老头连忙揭去盖在老伴头上的被单,又将经过说了一遍。医生听完哈哈大笑,拿起圆珠笔敲敲痰盂罐,说:"这很好嘛,冬暖夏凉……"老头忙说:"医生同志,你给想想办法吧。"

"想办法？我医科大学毕业，从未听说过痰盂罐套头的病例，你还是到内科去看看吧。"老头没办法，"通通通"下楼，到挂号处换了挂号单，又扶着老伴到三楼，进了内科室。等老头把老伴头上的被单掀掉后，医生又笑了："头上套这么个玩意儿干啥？老大不小的，还跳大头娃娃？"老头连忙解释："不不不，事情是这样的……"他又把经过说了一遍。医生听完以后说："噢，原来是这样！我们内科可以给你打针吃药，可是药物没有拿掉痰盂罐的功能。照我看，你应该去五官科，因为她的五官全被套住了。"

老头又到一楼去换了挂号单，然后扶老伴来到五官科，一进门，就主动向医生汇报经过。医生听完说："这用得着找医生吗？你用力把它拔出来嘛！"老头说："不行呀，她耳朵上生冻疮。""冻疮？那去皮肤科。"

他们来到皮肤科，医生听完汇报说："治冻疮可以，得先把痰盂罐拿掉。"老头说："我们外科、内科、五官科都去过了，你能不能告诉我，还有哪个科能把这痰盂罐拿掉？"医生想了想说："去妇产科。""啊？她又不生孩子！""妇产科负责妇幼保健么，叫她们保健一下。"

老头没办法，只得扶着老伴离开皮肤科。老太婆说："老头子，我们回去吧，别在这里让人当猴子耍、当皮球踢啦！"她话音刚落，下班铃响了，老头叹了口气："看来也只好先回去了。"

这对老夫妻就这样从一楼到三楼来回奔波，到处碰壁，最后只得离开。他们刚刚跨出医院大门，迎面碰到一个熟人，谁呀？副县长老周的秘书小赵，于是，就把今天怎么把痰盂罐套到头上以及在医院里到处碰壁的事，原原本本告诉了小赵。小赵听完，皱了皱眉头，说："你们等一等，我去找院长。"

小赵找到院长，说："你们医院是怎么搞的？把一个病人踢来踢去，最后踢出大门，人家很有意见呢。告诉你，这个病人不是别人，正是周副县长的丈母娘。"院长不觉一惊，忙问："现在人呢?""在门口等着呢。""好，去看看。"

院长来到大门口，二话不说，将病人请到观察室里。当他问清了病情以后，也愣住了：这种病怎么治呢？他灵机一动，急忙叫人通知各个科室的主治医师来开紧急会议。

很快，医师们都赶来了。院长首先作动员，他介绍了老太太的病情以后说："医生的职责就是救死扶伤，我们不能一推了之，要尽最大的努力解除病人的痛苦，保护健康，对这个特殊病人的特殊病症，请大家献计献策，找出一个最佳的治疗方案。"

院长话音一落，大家就七嘴八舌地议论开了，而且发生了争论，开始，对这种"病"属不属于病，意见大有分歧，有的说"损害健康的就是病，虽不是常见病，也是一种特殊的病"；有的说"这不属于病的范畴，因为人体器官没有受到任何伤害，如果这也算病，要医生来治，那么人被关进电梯悬在半空中，也要医生管吗"。这个问题还没统一，另一个问题又提了出来：就算是病，该由哪个科室来管？于是你推我、我推你，又开始了足球比赛。

这里正在争得不可开交，突然门被推开，进来一个人，大家一看是周副县长，都站了起来。周副县长说："哟，怎么也不休息一下，开什么会呀?"院长忙说："我们正在为你丈母娘的病进行会诊，现在正讨论治疗方案。"周副县长听了哈哈大笑："你们呀，我看还是先会诊一下各自头脑里的病症吧，至于我丈母娘的病么，我来治。"他来到观察室，拿出一把铜匠用的剪刀，在痰盂罐上剪了两刀，用手一掰，把痰盂罐拿掉了。

（吴文昶）

环十三的故事

　　县环保局最近从基层单位新调上来一个干部,叫唐林,今年30岁,是重点大学毕业生。

　　一天,唐林正在办公室看书,孙局长走了进来,招呼他说:"小唐,你好用功啊!"唐林一见是局长,连忙站起来:"局长,您坐,您坐。"孙局长把身子埋进椅子里,脸上依然堆满笑,说:"你来了一个多月了,我因为忙,也没好好找你聊聊。听说你在原单位就是有名的才子,写得一手好文章,对吗? 几天能写一篇?"唐林一听,脸上急出汗来:"局长,我刚来,对环保工作一无所知,哪能写文章,写文章既要掌握全面情况,又要……""好了,好了,"孙局长打断他的话,接着说,"常言说得好,会者不难,难者不会。不就是要了解情况吗? 好办! 从明天起,局里的小车给你使用,让司机拉着你到各个单位去跑几天,回来就写,写好了给我看一看。好吧,就这样决定了。"

局长下达了命令,唐林哪敢不从,第二天一早,就到下面单位跑。跑了三天,翻阅了一大堆资料,确定了文章的题目,叫"试论环保工作在两个文明建设中的重要地位"。

这天晚上,唐林面对稿纸,正在冥思苦想,孙局长敲门进来,手里还提着一包鸡蛋糕和一瓶健力宝,说:"小唐,你辛苦了,饿了就吃点,别饿坏了身子。"顿时间,一股热流涌遍了唐林全身。常言说,士为知己者死。唐林尽管文思枯竭,走笔艰难,但他被孙局长的知遇之恩激励着,整整干了一个通宵。

天亮之后,唐林刚把初稿写完,孙局长又来了。他拿过稿子看了一遍,像学者一样眨眨眼睛、皱皱眉头,沉思了许久,说道:"不错,语言蛮通顺。不过,你这上面还有个很大的错误!"一听错误,唐林忙问:"局长,什么错误?""没署名字!"唐林听说就这么个错误,暗暗嘘了一口气。孙局长微眯着眼睛,看着唐林:"这名你打算怎么署?"唐林说:"您对我这样关心,给了我这么大的支持,当然署两个人的名字。"孙局长哈哈一笑,拍了拍唐林的肩膀,说:"好好好! 我要到市里去开几天会。你上午誊写好,马上寄出去,要快!"说完,心满意足地走了。

按照孙局长的指示,唐林马不停蹄地将稿子誊清,写上了孙局长和自己的名字,正要把稿子装进信封,门又被人推开了。

走进来的是个老头。唐林一看,是人事股长老赵,赶紧恭恭敬敬地叫一声:"赵股长!"

赵股长走到唐林面前,阴着脸说:"你为什么不上班?"唐林赶紧说:"是、是孙局长……""你不上班,还搬出局长做挡箭牌?你不要眼睛里只有一个局长。告诉你,对每个干部的考察,这是人事股的权力!"唐林赶忙解释:"赵股长,我刚才不是这个意思。我没有把孙局长要我在宿舍里誊写论文的事情告诉你和办公室,这是我的错,是我的错。"

赵股长见唐林一个劲地检讨,就说:"好吧,知道错了以后要改,不要老是'局长'、'局长'的吓唬人。"他点燃一支烟,又说:"坐下。我很早就想找你谈一次了,你大概还不知道吧,为了把你从基层调上来,更好地发挥你的作用,我不知道朝部里跑了多少次,好不容易才争取到这个名额……"唐林一听,立刻恭恭敬敬地朝赵股长鞠了个躬,感激地说:"感谢赵股长,我一定好好工作,报答组织上的关怀。""是呀,是应该这样。否则我这个人事股长以后也不好讲话。"赵股长见唐林鸡啄米似地点着头,又说:"你刚才说孙局长安排你写论文?写得怎么样?能不能给我看看?"唐林忙递上稿子,说:"请您指教。"

赵股长接过稿子,摸出一支好像早已准备好的红笔,做出要批改的样子。他看看想想,十分认真,看完稿子,又像学者似地思考了很久,才说:"文章写得还可以,就是有些标点符号还用得不准确,语言也可以更精练些。以前我也写过几篇论文,你这个题目我就写过,只是前一段为了你的调动问题,耽误了我很多时间,才没来得及修改寄出去。"唐林信以为真,高兴地说:"好呀!如果您觉得可以的话,我们合作,把两篇稿子集中作一篇写,内容就更充实了。"赵股长也答应得痛快:"这倒也是个办法,好,我回去找找那篇稿子,我们合作。"

唐林待赵股长走后,在稿子上把作者的名字重新排过,先写孙局长,再写赵股长,然后是自己。

他正全神贯注一笔一画地写着,门第三次被人推开,进来的竟是"灶委书记"孟师傅。只见他挺着个罗汉大肚子,手里端着两盘饭菜,那饭堆得像小山,那盘菜是鸡鸭鱼肉各占一方,中间再架个荷包蛋,总重量不下于一公斤。

孟师傅笑哈哈地把饭菜往桌上一摆,无比关怀地说:"快吃饭吧,听说你昨天晚上干了个通宵,今天早饭也没吃,这时候肯定饿了。"唐林猛地站起来,惊诧地看着孟师傅。来环保局这一个多月里,要说受气,他受这"灶委书记"的气最多,这人手里的饭瓢菜勺,像长了眼睛一样看人给分量,给唐林打饭菜时,那菜瓢往往要摇几摇。唐林修养极好,对这些只当没看见。现在,孟师傅把饭菜送到宿舍来,分量又多,人又热情,是太阳从西边出来了?受得起冷遇受不起热情的唐林,这时候反而火烧火燎地不自在起来。孟师傅又说:"我是个直话直说的人,今天想求你一件事。""孟师傅请说。""听说你在写什么论文,能不能给我也写个名字?"唐林说:"这是为啥?"孟师傅说:"我当了几十年'灶委书记',工资一直很低,家里有老婆和四个孩子,还有一个药罐子不离身的老娘。"唐林更是丈二和尚摸不着头脑:"写个名字跟这有什么关系?""加工资呀。""写个名字就能加工资?""你还不知道?听说要评职称了,孙局长到市里去就为这事,说是有了论文就能评高职称,有高职称还能不加工资?""啊!"唐林恍然大悟了:原来孙局长、赵股长的所作所为,都是为了这个目的呀!相比之下,孟师傅比他们坦率真实,而且他工资低,家庭困难大,如果能加工资的话,这个名更应该署。于是,唐林说:"好,我一定给你写个名字!"听唐林一口同意,孟师傅乐得汗毛孔里也冒喜气,千恩万谢地告辞走了。

孟师傅走后,又有不少人登门拜访,要求在论文上署名,唐林是来者不拒,这名字一下子增加到13个。

转眼一个月过去了,环保系统的职称评定工作正式开始,就在以孙局长为首的人们为论文还没有发表出来急得团团转时,邮递员送来了《环境保护报》。唐林接过报纸一看,高兴得叫起来:"发表了!发表了!"凡是署了名的人都蜂拥而至。孙局长一把抢过报纸,两眼瞪得像灯笼一样在报上寻找自己的名字。可是仔细一看,那篇论文的署名竟是"环十三"。

这环十三是谁?唐林正在认认真真地看,孙局长已经憋不住了："这个抄袭者肯定是我们单位内部的人！唐林，你仔仔细细回忆一下，你的稿子给哪些人看过，有哪些人进过你的房间，非把这个家贼查出来不可！"

三天后，孙局长收到了报社的来信，说明了那篇文章的署名问题。因为13个人的名字实在占篇幅太多，所以用了"环十三"的化名，意思是环保局13个人。

孙局长看了信好不恼火，他原以为论文只署了两个人的名，谁知唐林这小子竟然署了13个人的名字！给一个做饭的大师傅也署了名字。难道我当党委书记的与当"灶委书记"的是同一个水平？报上若是真的把名字都排出来，岂不让我这个局长丢人现眼吗？

当然，论文已经发表，已无法挽回了，环十三就环十三呗，有总比没有好。报纸只一份，由唐林保管着。除了唐林自己在岗时间太短，不能参加评职称，"灶委书记"孟师傅不属申报的对象之外，其他署了名的人都由唐林把论文复印一份，交他们放在本人的申报表里作为附件。

故事到此已经完了，谁知几天之后，又闹起了一场小小的风波。这一天，县职称改革办公室的同志来环保局检查职称申报表的填写情况，在检查的26份表格中，发现每一份里面都有一篇复印的论文，作者名字都叫"环十三"。检查的同志茫然了，问孙局长："你们26个申报人员，怎么都叫环十三？"孙局长也惊讶了："环十三充其量只有13个，怎么又有26个呢？"这当然又是那个像慈善家一样有求必应，谁要就给谁的唐林做下的事了。

从此，唐林得了一个外号，叫做"环十三"。

（张绍庭）

怪 诞 异 趣

生活不可少趣，
心中不可少思。

放屁的姑娘

　　有这么一家子,五口人,三个姑娘没儿子,就这么老两口子。

　　三个姑娘长得都挺好,老大、老二都嫁出去了,只剩下老三。老三长得不错,就是有个毛病,爱放屁。她放屁跟别人不一样,一放带串,响声还很大,嫁不出去不说,留在家里父母看着还生气。

　　正赶上那年她家种了不少谷子,她妈说:"孩子,你在家里除了放屁没别的事,干脆你去看谷子去吧!不到谷子黄了梢,你别回家吃粘糕。快走吧!"姑娘知道自己有毛病,就带着干粮在地头搭个窝棚,看谷子去了。

　　这一天,"吱扭吱扭"过来一个推小车的,走到这儿停下了,前面是一道河,河上没桥,他推一车洗衣槌,准备过河到那边去卖。这推车的就发愁了:推过河吧,害怕水深。这姑娘就搭话了:"你干啥这么发愁? 有什么事吗?"推车的说:"这河过不去。"姑娘说:"我想法让过去。""你怎么让过去?""我一个屁就把这车棒槌崩过去了。""我还真不信,你能让过去?""这么的,咱俩轧东,我要能崩过去,这车棒槌全算我的。干不干?"推车的说:"行!"说着话,姑娘就运足了劲,对准棒槌车"崩"一下子,一车棒槌就过去了。卖棒槌的一看真过去了,拍拍屁股转身就回家去了。

第二天,又来了一个卖瓦盆的,也是想要过河,过不去。姑娘说:"我给你想个办法。""什么办法?""我放个屁就能把它崩过去。""你别扯啦,我不信。""不信就试试。如果能崩过去,这瓦盆就归我了。"卖瓦盆的一听,说:"好吧,试就试。"他话音刚落,只见姑娘运足了劲,"当"的一下子,一车瓦盆又过去了。卖瓦盆的一看,拍拍屁股也走了。

这一天,又来了个骑马的,走到这儿不知河水有多深,也站着发愁。这姑娘又过来了:"哎,你发什么愁哇?"那骑马的看地头就姑娘一个人,不觉有点儿奇怪:"姑娘,你一个人在这儿干什么?""唉,"姑娘叹口气,说,"别提了,就因为我爱放屁,家里不让回家,妈说了,回家得让谷子黄了梢,我在这看谷子哩!"骑马的说:"你放屁动静大,你还能把马崩到那边去?"姑娘说:"差不多。"骑马的根本不相信:"你要能崩过去,这马就算你的了,怎么样?""那就试试呗!"说着话,姑娘就"当"的一声骑着马崩到了河那边。骑马的怎么也没料到会输在一个丫头手里,转身就走了。

说来说去时间差不多了,姑娘回家了,一说棒槌、瓦盆、马都是崩回来的,她妈也很高兴,就说:"儿啊,你放屁不要不好意思,最好一次放出来,病就好了。"姑娘说:"我倒是想放,就怕……""别怕,妈把东西收拾干净,你可劲地放,放完了就好啦。"姑娘寻思着也对,就这么的吧。

　　她妈急忙收拾东西,东西都收拾差不多了,就剩一个小葫芦没拿出去,这姑娘憋不住了,就说:"不好了,妈啊,我要放了。""辟里叭啦"就放上了。于是这屋里可热闹啦,崩得小葫芦在地上乱蹦。她妈在外边就说:"葫芦葫芦落落地,叫我女儿出出气。"

　　好家伙,这一阵放啊! 从打放完这一阵,这姑娘就再也不放屁了,病好了,人也嫁出去了。

(何锦良　搜集整理)

辫子的故事

康熙年间,一日皇帝早朝,翰林院杜学士整冠抖袖叩于御案前,口称:"吾皇万岁!万万岁!臣有事启奏。"皇帝说:"杜爱卿速速奏来。"杜学士说:"臣日前收到西洋呈来请柬,邀请吾大清圣主派遣使团,前去法国巴黎参加田径运动会。如何定夺?臣俯首听旨。"皇帝问:"何谓田径运动会?"杜学士说:"启禀皇上,所谓田径运动会,如同校场比武一般,只不过洋人比的是看谁跑得快,看谁……""好了,不就是比谁跑得快吗,何故如此慌张?传你立即选拔善跑壮士,择取黄道吉日率团出洋,决一雌雄,以壮吾大清国威!"杜学士连呼:"万岁!万万岁!"领旨去了。

杜学士回到府中,精神不振,长吁短叹。夫人问道:"老爷今日上朝回来,因何这般烦恼?"杜学士把皇帝授旨一事说了,叹道:"天下之大,叫老夫哪里去寻善跑壮士?"夫人说:"老爷不必操心,据妾所知,京城内有数百跑役,何不从中挑选几名善跑壮士?"杜学士听罢,连连称是,次日,便在长安街摆下赛场。经过两天的激烈角逐,终于产生出七名选手。杜学士把七名选手收入衙内,亲自讲授百米赛跑三条规则:其一,不准在场内大小便;其二,鸣枪起跑;其三,身体任何一部分最先触线为优胜。不出两天,七名选手个个倒背如流。杜学士大喜,奏请皇帝择取黄道吉日,起程出洋。

出征那一天,七名选手个个官服加身,朱翎顶戴,骑着七匹高头大马,手擎青龙黄旗,前头龙狮开道,后面鼓乐欢送,好不气派。可杜学士坐在官轿内,心中却像十五只吊桶打水,七上八下。原来头日皇帝召见他,下旨道:"此番出洋比跑,事关大清之国威,若能得胜回来,官加三级;如果失利,此乃欺君之罪,株连九族。"一想起这,杜学士心里叫苦连天,唯恐稍有疏忽,自己脑袋搬家。

大清运动员到达巴黎,他们个个拖着一条齐腰长的辫子,穿着黑色长袍,长袍前胸后背绣有色差强烈的鲜艳花纹,那喇叭口的袖子处还用金丝线织出耀目的水波……如此奇特的打扮,立即引起巴黎全城轰动,人们扶老携幼,争相前来目睹大清运动员的风姿。门票一涨再涨,可售票窗口依然万头攒动,排起了长队。然而,杜学士并没有感到轻松,他所关心的是比赛的胜负。

百米赛跑共有七个国家四十三名运动员参加,通过抽签分成七组,第一组七人,其他六组各为六人,采取单淘汰赛的办法,第一组第一名参加第二组比赛,第二组第一名参加第三组比赛,以此类推,一直到第七组决出这个项目的优胜者。大清运动员七名中,六名抽在第一组,一名叫马六的抽在第七组。这一抽签结果,杜学士是喜忧参半:喜的是有幸一名运动员抽在最后一

组,好歹有个争夺最后优胜的机会;忧的是六名运动员都抽在第
一组,而比赛结果只有一名运动员能够有机会出线,而且底下还
要连过六关。形势很不妙啊。杜学士愁得一夜不合眼,三更时
分,就把七名选手催起,早早赶到赛场练习一番。最后,杜学士
还不放心,又对参赛选手特别交待,务必在进场前要把各自的大
小便处理干净。

百米赛跑早上八时开始,不到七点,赛场观众席上已经座无
虚席,赛场外面也是人山人海。七点三刻,七名运动员全部到
位。其中一名是法国运动员,他身穿背心短裤,占据第一跑道。
大清六名运动员虽然脱去花翎盖帽,长靴也换上皂鞋,但身上仍
然穿着官服长袍,分列第二至第七跑道。发令员是英国人,只听
他"叽里呱啦"一声口令,法国运动员随即两手撑地,屁股朝天,
右腿蹬直,如猛虎下山之状。大清六名运动员没听懂"叽里呱
啦"的意思就是"各就各位——预备"的口令,还以为自己有什么
不检点之处,不知所措,面面相觑。接着"砰"一声枪响,法国运
动员如离弦之箭,冲出起跑线。而大清运动员却大吃一惊,双手
抱头,伏于地上。待他们明白过来是怎么回事,法国运动员已经
冲线。这时全场如同投下一枚重型炸弹,口哨声、哄笑声、喊叫
声翻江倒海。但是大清六名运动员却不去理会,一位高个子喊
道:"大家不要惊慌,洋人想鸣枪吓唬我们,我们不怕! 我们也不
理他们。现在听我口令:一、二、三……"他的"跑"还没喊出去,
后头马六大叫起来:"不好啦,杜大人昏过去啦!"这一喊非同小
可,六名运动员顿时乱了方寸,车转身直扑昏倒在地的杜学士那
边去了。不一会,杜学士醒转过来,看见六名运动员围在身旁,
顿时怒从胆边生,火自心中起,顾不上自己的身份,从地上滚将
起来,两眼喷火地吼道:"来人,把他们拉出去砍了!"六名运动员
吓得面如土色,跪倒在地,齐声求道:"大人恕罪,自古以来,小的
只听说击鼓出阵,鸣金收兵,可从来没见过鸣枪比跑呀。"杜学士

暗自思忖：事已至此，也无可奈何。好在还有一位马六尚有一线希望。于是说："马六，最后就看你的了，倘若再有半点差错，老夫绝不轻饶！"马六说："老爷，小的别无顾忌，就是那'叽里咕噜'的洋话确实没法听懂。倘若老爷肯在小的比跑之时，站在一旁叫一声'圣旨下'，同时随着枪响再来一声'喳'，小的用脑袋担保万无一失。"杜学士想了又想，看来只能如此，别无他法，于是点头答应。

决赛下午二时正点开始，马六位于第四跑道，左边是第六组优胜者意大利运动员，牛高马大，马六只够他腋下高度；右边是俄罗斯运动员，虽然没有意大利运动员那么高，但仍高出马六半个头。马六毫不畏惧，等候发令。随着发令员"叽里咕噜"的同时，杜学士也发出口令："圣旨下！"马六听得真切，两袖一抖，摆下"金猫伏鼠"架势，昂头正视前方。几乎是同时，"砰"一声枪响，杜学士大喊一声"喳"。马六闻声而动，如饿虎扑食，"刷"一声冲了出去。这一冲非同一般，两尺多长的辫子一下子拉直，冲刺的气浪把长袍吹得"唏哩哗啦"地响，全场观众轰动，喊声震天。不出三四秒工夫，距离已经拉开，最前头只有三个人，就是马六和他左右两名运动员，他们三人几乎是并驾齐驱。眼看离终点红线不足三丈距离，左侧意大利运动员企图挤占马六跑道，不想一脚踢在马六飘起的长袍下裾，两人同时向前扑倒。右侧俄罗斯运动员心中大喜，抢先挺胸冲线，可是线不见了。原来，线被马六的辫子打在地上，马六的辫子压在线的上面。裁判员见此情状，不知如何裁定。杜学士随即赶到终点，对裁判员言道："优胜者唯我大清莫属。请看你们制定的比赛规则：身体任何一部分最先触线者为优胜。辫子乃毛发也，自然是身体的一部分，这难道还有疑问吗？"裁判员无言以对，判定大清运动员马六为百米赛跑优胜者。杜学士心中一块石头落地，带着手下人凯旋而归。

（关　东）

如此恋爱

有一个男青年,找对象只讲漂亮。一天,他在公共汽车上看见一位女售票员,弯弯的细眉,水汪汪的大眼,一对甜甜的酒涡儿,十分漂亮。他就挤了过去,非常客气地说:"同志,买票!"女售票员微微点头一笑,很有礼貌地卖给他一张车票。这本来是正常的工作关系,可是对这个男青年说来,女售票员这一笑,就像是一双纤细的小手把他的心弦给拨动了:莫非她对我有意思?他心里美滋滋的,急忙掏出一张纸,歪歪扭扭地写了两行字,捏在手里。一会儿,车子靠站了,女售票员开了车门,招呼着乘客上下车。好机会! 他赶紧把纸条儿压在售票桌上,然后依依不舍地下了车,对女售票员报以热情的一笑。

女售票员卖完车票,发现了那张纸条,她拿起一看,只见上面写着:"我叫赵文莲,住在梧桐街柳叶巷22号,有空请来玩!"真是胡闹!女售票员看了,心里很恼火,把纸条儿一揉,顺手往车窗外丢了出去。

事有凑巧!这纸团儿不偏不倚,"啪"正好落在一个骑自行车的人的脸上。那人抬头一看,见车上一位漂亮的年轻姑娘向他抛来一个纸团,急忙下车,拾起一看,我的天哪,心里乐得简直就开了花。此君也是快到三十岁还未找着对象,同那位赵文莲患的又是一样的毛病,没想到今儿个天赐良缘,真像古代小姐抛彩球一样,嘻嘻,竟给抛中了。

骑自行车的人回到家里,掏出纸条儿一连看了三遍,越看眉头越喜,越看心里越甜。他把纸条儿小心翼翼地折好,放进贴胸的口袋里,本想立即去找姑娘,可又有点担心:姑娘虽说有情,她父母是否有意呢?弄得不好把美事儿吹了,岂不弄巧成拙?还是先写封信,培养培养感情吧。

信,按照纸条儿上的姓名、地址发出去了,自然没有寄到女售票员那儿,而是送到了赵文莲的手上。赵文莲高兴得像疯了一样,想不到那位女售票员果真是位多情的姑娘,竟主动给他回了信,他把信从头到尾一口气读了五遍,信上全是一些充满感情的话,最后还说:"我住在秋风路流水巷44号,非常欢迎你来做客。李新珠。"妙啊!"文莲"对"新珠","柳叶"随"流水",连门牌号码都成双作对,真是前世姻缘啊!他也想马上按信上的地址去找那位他一见倾心的女售票员,可又一想,姑娘家都爱面子,直接去找似乎有点冒失……便也挥笔疾书,写了一封热情洋溢的回信。就这样,赵文莲和李新珠两人书信来往,越谈越热烈。

转眼过了半个月,双方通了十五封信。开始互相称呼"同志",慢慢直呼"赵"、"李",后来干脆什么"亲爱的"、"可爱的"、"心上的"……全都用上了。

眼看"恋爱"已经成熟,赵文莲想得周到,他去商店买了块全钢防震手表,配上金灿灿的表带,从邮局寄了去。心想:只要你收下,婚事就成功了一半,我就马上约你见面。

再说,李新珠收到手表,连连敲着自己的脑袋:该死啊!人家姑娘都主动寄礼物来了,我还是个男子汉呢!于是他不敢怠慢,赶紧把他妈妈遗留下来的一只金戒指,也从邮局寄了去。

双方都收到了对方的礼物,眼看水到渠成,都觉得应该正式见见面了,于是,约定了日子,星期天上午九点在新公园"春意亭"内相会。

约会的那天,两人头发梳得溜溜光,衣服穿得毕毕挺,各自戴上对方相赠的礼物,都提早一小时来到了"春意亭"内。

到了八点五十分,两个人都迫不及待地同时立起了身,四下里瞧瞧。到了九点,赵文莲伸长了脖子,李新珠踮起了足尖,都希望那位迷人的女售票员能突然出现在自己的面前。可是,哪里有踪影呢?眼看九点半过了,十点钟又到了,赵文莲脖子伸酸了,李新珠足尖踮累了,还是没有踪影。这时候,两个人才开始拉起话来。

赵文莲很客气地问:"同志,我看你好像在等人吧?"

李新珠彬彬有礼地回答:"不瞒老兄说,我在等一位女朋友。你呢?"

赵文莲说:"不瞒老兄说,我也是在等一位女朋友呀!"

"那好哇!祝你成功!"

"彼此彼此,祝你成功!"

过了一会,李新珠煞有介事地对赵文莲说:"老兄,谈恋爱首先要有耐心,姑娘家的心事可捉摸不定,有时她会故意考验你,看你有没有真心哪!比如今天我和女朋友约好是九点,可现在已经是十点了……"说着,伸手看了看表。

这一看,赵文莲发现了对方手上的东西,心里不禁一惊:咦?

这不是我买的吗？但又不好直说，只能兜着圈子问："同志，你这块配着金表带的手表是买的，还是借的？"

李新珠洋洋得意地说："不瞒老兄说，这表是我女朋友送的哩。哎，同志，你这戒指……"他也发现赵文莲手上的戒指了。

赵文莲得意洋洋地说："也是我女朋友送的呀！"

李新珠说："这戒指是我送给女朋友的，怎么戴到了你的手上呢？"

"胡说八道！"赵文莲生气了，"你那块表才是我送给我女朋友的哩，怎么你给戴上了？"

"你胡说！"

"你瞎扯！"

两人你一言我一语，吵得不可开交。后来，各自都掏出对方写来的信件作证，彼此一看，都不禁"啊"地叫了一声，失魂落魄地跌坐在椅子上，两眼直翻，半天说不出话来。

（肖士太　搜集整理）

不听大脑指挥的手

　　有个小伙子,年纪轻轻不学好,偏偏学会了偷鸡摸狗掏口袋,成了十人九骂的"三只手"。

　　一次,三只手不知从哪里偷来了一个手榴弹。回家一看,这玩意儿倒蛮好玩,铁疙瘩上按了个木头柄,很像个酒瓶。可有啥用呢? 卖又不能卖,吃也不能吃,藏床底下吧,老鼠一啃,爆炸了还得搭上小命。他把事情告诉了一个小兄弟,小兄弟说:"你真笨,不能拿到江里去炸鱼吗? 往水里一扔,'轰'地一声响,水面上白花花一片,全是鱼,用网捞就是,吃不了还可以卖。"三只手一听乐了:"对,炸鱼去!"

　　大家知道,炸鱼是犯法的,可他们根本不管什么法不法的。当天晚上,三只手一手拿电筒,一手提手榴弹,他那小兄弟扛着捞鱼的工具,两个人来到江边。三只手拿起手榴弹,像咬啤酒瓶盖似的"格"一下咬掉了手榴弹盖子,举起手电筒一照,发现里面还有个亮闪闪的箍箍。咦!里边还藏着个戒指呐,是金的还是银的?管它,戴手上再说。他掏出箍箍,往手指上一套,用力一拉,只听"啪"的一声,还"嘶嘶"地冒烟。那个小兄弟早就躲得远远的,趴在地上喊道:"扔,快扔!"三只手心一慌,一举手扔出去了。啥扔出去了?他把手电筒扔河里去了,还举起手榴弹当电筒照呐。

说时迟那时快,只听"轰"地一声,三只手当即倒在血泊之中,他那只右手被炸得七零八落,就像人们扔掉的拖把。

他那小兄弟知道闯了大祸,将三只手往肩上一扛,送进了医院。医生一检查,还好,生命危险不大,可那只手不行了,修不能修,补也没法补,只有锯掉。

三只手一听要锯手,急了,他说:"医生同志,我是全靠这只手抓收入的呀,本事刚刚学好,就要锯掉,这以后的日子怎么过呢?医生同志,我才二十多岁呀!"说完,就"咿哩哇啦"地哭开了。

他这一哭,惊动了一个人。谁?喏,就是躺在三只手对面病床上的那个人。此人六十多岁,是共产党员,还是劳动模范,他的病很重,前天医院就已向他家属发出了病危通知单,但他自己头脑却很清醒。他听三只手那么一哭,十分同情,就把医生叫到跟前,说道:"医生同志,一个年轻人,要成家立业,实在不能少一只手呀。"医生说:"这我知道,可是没办法,他的手伤势实在太重,不锯掉会威胁他生命呀。"劳动模范说:"这样吧,我反正不行了,他要是不嫌弃,我的手送给他一只。请你们把我的手锯下来给他接上,也好让我这只手发挥点余热。拜托了。"

就在这天傍晚,那位劳动模范离开了人世,医生遵照他的遗愿,锯下了他的右手,接到了小伙子的胳膊上,手术非常成功。

不久以后,三只手伤愈出院了。开始,他很感激那位送给他一只手的劳动模范,决心洗心革面,老老实实地劳动,挣钱过日子。但渐渐地,他对这只右手左看不顺眼,右看也不顺眼。不是吗,这只手皮包骨头,皱皮打结,手背上有个疤,手掌上布满老茧,用手一摸,粗糙得像是松树皮。他买了一瓶又一瓶增白霜,拼命地往上搽,可搽死也没用。于是他对那位劳动模范不但不感激,反而有点仇恨了,他牙一咬,决定重操旧业。

这天,三只手经过梳妆打扮,风度翩翩地出了门,又来到了熙熙攘攘的农贸市场。很快,他从一个老太太身上摸来一只皮夹子,谁知他那只劳动模范移植给他的右手一把夺过皮夹子,塞回到老太太的口袋里。三只手一愣,心想:咦,今天怎么啦?他左转右转,又来到了一个肉摊边,见这里生意很忙,正是下手的好机会。可左手刚伸出去,右手就给了它一巴掌。这一巴掌可真有劲,打得左手五指麻木,一阵钻心地痛。

就这样,他右边那只劳模的手,时时刻刻监视着左边那只做贼的手,使它动弹不得。这使三只手十分恼火,他一气之下,跑进医院,要求医生重新将他的右手锯掉。医生问他为什么,他伸出两只手说:"你们看看,这两只手不相配呀!再说这两只手不是同母所生,感情不和,做什么事情都配合不好。医生同志,帮帮忙,别人的手总归是别人的,我宁愿只要自己这一只手。"医生听完笑了,拍拍三只手的肩膀,说:"小伙子,你可别小看了这只手呀,它曾经和敌人拼过刺刀,为祖国建设创造过无数财富,还为人民做过许许多多好事,这是一只经过考验的金手啊!至于两只手的配合,总有个适应过程么。"

三只手垂头丧气地出了医院,怎么也熬不住,还是设法去偷。这次他上了公共汽车,把右手插进裤袋,然后伸出左手,将一个乡下老头的皮夹子给掏出来了。谁知皮夹子刚到手,右手又将它夺了过去,并且高高举了起来。三只手怕出事,忙喊:"谁的钱包丢啦?"乡下老头一摸口袋,连声说:"我的,是我的。"他接过钱包,感激地说:"谢谢你,真谢谢你,我老太婆在医院里,正等我送钱买血呢,要是丢了这救命钱,我只好跳河去了。这小钱包关系着两条命呀! 小伙子,你真做了件大好事,多谢! 多谢!"

事有凑巧,车上有位记者,他问明了小伙子和老头的姓名,写了篇文章,在第二天晚报上登了出来。这一来,三只手一下成了拾金不昧的"活雷锋",受到了人们的称赞。小伙子这才猛然想起医生的话,这可真是只金手呀!

从此,他再也不讨厌这只劳模的手了,他决心像劳模那样,做个对社会有用的人。

(朱小钦)